琼 瑶

作 品 大 全 集

水云间

琼瑶

著

作家出版社

琼瑶，本名陈喆，作家、编剧、作词人、影视制作人。原籍湖南衡阳，1938年生于四川成都，1949年随父母由大陆赴台生活。16岁时以笔名心如发表小说《云影》，25岁时出版首部长篇小说《窗外》。多年来笔耕不辍，代表作包括《烟雨蒙蒙》《几度夕阳红》《彩云飞》《海鸥飞处》《心有千千结》《一帘幽梦》《在水一方》《我是一片云》《庭院深深》等。

多部作品先后改编成为电影及电视剧，琼瑶也因此步入影视产业。《六个梦》系列、《梅花三弄》系列、《还珠格格》系列等，影响至深，成为几代读者与观众共同的记忆。

琼瑶以流畅优美的文笔，编织了众多曲折动人的故事。其作品以对于梦的憧憬和爱的执着，与大众流行文化紧密结合，风靡半个多世纪，成为华文世界中极重要的文学经典。

我為愛而生，我為愛而寫
文字裡度過多少春夏秋冬
文字裡留下多少青春浪漫
人世間雖然沒有天長地久
故事裡火花燃燒愛也依舊

　　　　　　　　　　瓊瑤

第一章

民国十八年，杭州西湖。

梅若鸿和杜芊芊的第一次相遇，是在苏堤上面，那座名叫"望山桥"的桥上。事后，梅若鸿常想，就像《白蛇传》里许仙初见白素贞，相逢于"断桥"一样。这西湖的望山桥和断桥，都注定要改写一些人的命运。所不同的，《白蛇传》只是传说，女主角毕竟是条蛇而不是人。这望山桥引出的故事，却是一群活生生的，"人"的故事。

那天，是"醉马画会"在"烟雨楼"定期聚会的日子。

一早，梅若鸿就兴冲冲地把自己的画具、画板、颜料、画纸……全挂在那辆破旧的脚踏车上。他这天心情良好，因为，天才破晓时，他就从自己那小木屋窗口，看到了西湖的日出。小木屋坐落在西湖西岸的湖边，面对着苏堤，每次，西湖的日出都会带给他全新的震撼。湖水，有时是云烟苍茫的，有时是波光潋滟的，有时是朦朦胧胧的，有时是清清澈澈的。一年三百六十五天，湖水都有不同的风貌，日出都是不同的日出。这天一早，梅若鸿就"捕捉"到了一个"崭新"的日出。他画了一张好画！把这张刚出炉的《日出》卷成一卷，他迫不及待地要把它拿给醉马画会诸好友看，尤其，要拿给汪子默和子璇看！

于是，骑着那挂了一车琳琳琅琅画具的车子，胳臂下还夹着那张"杰作"，他嘴里吹着口哨，单手扶着车把，往烟雨楼的方向快速地骑去。

那正是三月初，西湖边所有的桃花都盛开了。苏堤上，一棵桃花一棵柳，桃花的红红白白，柳树的青青翠翠，加上拱桥，加上烟波渺渺的西湖，真是美景如画！梅若鸿真恨不得自己有一千只手，像千手观音一样。那么，他每只手里不会握不同的法器，他全握画笔，把这湖光山色，春夏秋冬，一一挥洒。他曾写过两句话，贴在自己墙上：

"彩笔由我舞，挥洒一片天。"

可惜，他就是没有一千只手，怎么挥洒，也挥不出一片天空！

这墙上的两句话，后来被子默在前面加了两句：

"把酒黄昏后，醉卧水云间！"

子默加得好，他太了解他。所以梅若鸿常说：

"生我者父母，知我者子默也！"

但是，子璇看了，却不以为然，又把子默这两句改成：

"踏遍红尘路，结伴水云间！"

多么灵慧的子璇！她已经把梅若鸿这十年来的流浪生涯，做了一番最美丽的诠释。从此，梅若鸿就给自己那小木屋，取了一个名字"水云间"！叶鸣和钟舒奇等好友为它加盖了篱笆。篱笆院有个门，门上，子默亲自为它题了三个大字"水云间"。子璇又找来一个风铃，挂在屋檐下，铃的下端，吊了个木牌，上面也写着"水云间"。

于是，对醉马画会来说，这木板搭成的、简陋的水云间，就和子默那幢有楼台亭阁、曲院回廊的烟雨楼有同等地位，也是大家聚集聊天的所在。但是，论"画室"的条件，那当然是烟雨楼好，何况烟雨楼每次聚会，大家都可以画子璇。可爱的子璇，从来不吝啬她的胴体，她的容貌，她的姿态，她的青春……好像这些都是画会所共有的！子璇真是个"奇女子"！就是可惜跟了那个全然不了解艺术的谷玉农！

梅若鸿就这样，想着他的《日出》，想着子默的友谊，想着烟雨楼的聚会，想着子璇的潇洒……骑着车，上了苏堤。经过了第一座桥，又经过了第二座桥，这苏堤上有六座桥，梅若鸿从来记不住每座桥的名字。经过第三座桥的时候，他不知所以地感到眼前一亮，像是有什么闪闪发光的东西在桥上闪耀。他本能地放慢车速，定睛看去。只见一个穿着橘红色碎花上衣、橘色长裙的少女，正凭栏远眺。少女似乎听到什么，蓦然一回头，和梅若鸿打了一个照面。天哪！梅若鸿立刻被"震"到了，世间怎有这样绝色的女子！他脑中第一个闪过的念头就是：真该把她带到烟雨楼去，给众人开开眼界！

他的车子已经经过了拱桥，往桥下快速地滑冲下去，他不住回头看美女，根本没注意到有个小男孩正扬着一个风筝，奔上桥来。那"美女"眼看若鸿的车子，对小男孩直撞过去，就失声尖叫了起来：

"小葳！小心自行车！小心呀！"

若鸿一惊，回过头来，这才看到已逼在眼前的小男孩，他吓了好大一跳，慌忙别转车头去闪避。这一闪，整个车子就撞上了桥柱。砰的一声，车子翻了，画笔画具撒了一地，他摔下车来，摔得七荤八素。从地上爬起来，才看到那小男孩拿着风筝，对他咧着大嘴笑。他正想发作，却一眼看到自己那张杰作《日出》，已随风飞去。他慌忙伸长了手，要去抓那张画，偏偏风大，那《日出》竟飘飘扬扬，如同断线风筝般飞上了天，他仰着头，盯着画，追到了桥上，差点又撞在"美女"身上。然后，他眼睁睁看着自己那张杰作，竟飘落湖心去了。他急急地扑在桥栏杆上，对桥下一条游船大吼大叫：

"喂！船上的人！你们帮忙接住那张画！看到没有？就是飘下去的那张画……"

船上的游人，莫名其妙地往上看。摇船的船夫，依然从容不迫地摇着他的橹。而那张画，竟翩然地飞过游人的肩头，落进水里去了。

"啊……啊……你们怎么不接住？"梅若鸿跺脚大叫，痛惜不已，"那是我的画，我最好的一张画呀！"

"就算是抛绣球，也不一定要接啊！"船上的游人居然回了句话。

画已随波流去，船儿也摇开了。

梅若鸿又跺脚，又叹气，懊恼得不得了。一回身，却看到害他撞车丢画的美少女，正牵着那个"共同肇祸"的小男孩，都睁着大大的眼睛，稀奇地看着他。

"哎哎哎！"他对小男孩嚷开了，"那是我这一生中最满意的一张画，你知道吗？你怎么可以突然间冲过来？害得我的画飞掉了！哪里不飞，居然飞进西湖里，连救都救不了！"

小男孩被他的"凶恶"状吓得退了退，抬头喊：

"姊姊！"

美少女的眼睛睁得更大了，一脸的啼笑皆非。

"喂！你这个人怎么回事？明明是你自己顾前不顾后，骑着车子东张西望……你凶什么？一张画飞了就飞了，有什么了不起呢？"她说话了，一说就是一大串。

"你不懂！你完全不懂！"梅若鸿扬着眉毛，心疼得什么似的，"我好不容易等到这么美的日出，又好不容易有了那么好的灵感，'日出'和'灵感'都是稍纵即逝，可遇不可求的……这样的一张画，我即使再画几千几万次，也不可能画出来了！"

那少女听着，脸上的"稀奇"之色更重了，低头看了看她的弟弟，她微笑着说：

"小葳呀，你知道我们杭州什么最多吗？"

"不知道呀！"小葳眨着天真的眸子。

"我们杭州啊，水多！桥多！树多！花多！还有呢？就是画家多！你随便一撞，就撞到一个画家！"

有趣！梅若鸿惊奇地想着，没料到这样纤纤柔柔的女子，竟也有一张伶牙俐齿的嘴。而且，她反应敏捷，毫不娇羞作态。这样的女子，他喜欢！

"好吧好吧！你尽管嘲笑我好了！"他接口说，"你知道吗？就因为看到了你，我才顾前不顾后的……你有事没事，站在桥上干什么？"

"咦，我站在桥上，也碍了你什么事吗？"

"那当然。你没听说过'美人莫凭栏，凭栏山水寒'的句子吗？那就是说：美人不可以站在桥上，免得让湖光山色，一起失色的意思！"

"真的吗？"她惊奇地，"谁的诗？没听说过！"

"当然你没听说过，这是我梅若鸿的即景诗，等我把它画出来，题上这两句，等这张画出名了，你就知道这两句诗了！"他笑着，觉得该介绍自己了，"我的名字叫梅若鸿，你呢？"

"我姊姊名字叫杜芊芊，我是杜小葳！"

那少女——杜芊芊，急忙拉了拉小葳：

"我们走！别理这个人！说话挺不正经的！"

梅若鸿慌忙拦上前去，着急了：

"不要误会！你千万不要误会！我从来不会随便和女孩子说话，就怕自己说出来不得体，今天不知怎么话特别多，想也没想就从嘴里冒出来了。你不要生气……如果你把我看成轻薄之徒，咱们这朋友就交不成了！"

"朋友？"杜芊芊更惊奇了，"谁和你是朋友？"

"是，是，是！"他热切地点着头，"不止我们是朋友，我还要把你介绍给我所有的朋友！你知道吗？我们醉马画会每星期一、三、五都在烟雨楼画画，你肯不肯跟我去一趟烟雨楼，肯不肯让大家画你？"

"醉马画会？"芊芊的兴趣被勾了起来，"原来你是醉马画会的人？是不是汪子默的醉马画会？"

"你认得子默？"

"不，不认得，不过，他好有名！"芊芊一脸的崇拜，"我爹常买他的画，说他是杭州新生代画家里最有才气的！连外国人都收集他的画呢！"

"是啊！他得天独厚，十几岁就成名了！"梅若鸿想着子默，语气就更热烈了，"既然你知道汪子默，当然就明白我不是什么坏人，走走走！跟我去烟雨楼，马上去！"

"这不好！"芊芊身子退了退，脸色一正，眉尖眼底，有种不可侵犯的端庄，"不能这样随便跟着不认识的人，去不认识的地方！"

"唉唉，"梅若鸿又叹气了，"你刚刚跟我有问有答的时候，可没这么拘谨！人，都是从不认识变成认识的，现在是什么时代了！我们又都在这风气开放的艺术之都！别犹豫了！快跟我去烟雨楼！你去了，大家会高兴得发疯……不过，你一定要答应我一个要求：让大家画你！"

芊芊有点儿愕然，瞪视着那一厢情愿的梅若鸿。

"画我？"她睁大了眼说，"我还没答应你去呢！"

"你要去要去，非去不可！"梅若鸿更热情了，"那是个好可爱的地方，聚集了一些最可爱的人，在那儿，随便你爱做什么就做什么，琴、棋、书、画、喝酒、唱歌、聊天、吹牛……哇，你不能错过，绝对不能！"

这样热情的邀约，使芊芊那颗年轻的心，有些儿动摇起来。还来不及说什么，小葳已忍不住，又推又拉地扯着芊芊：

"去嘛！去嘛！姐！回家也没有事情做！见到卿姨娘，你又会生气，还不是吵来吵去的……"

"说得也是！"梅若鸿飞快地接了一句。

什么"说得也是"？芊芊的眼睛，睁得更大了，看着梅若鸿那张年轻的、神采飞扬的、充满自信的又满是阳光的脸，忽然就感染到了他那种豪放不羁的热情。心中的防备和少女的矜持，一起悄然隐退。父亲的教训，母亲的叮咛……也都飘得老远老远了。

"烟雨楼……"她小声说，"就是西湖边上，那座好大的、古典的园林吗？"

"对！那是汪子默的家，也是我们画会所在地！让我告诉你……"他一边说，一边收拾着地上的画笔画具，推起那辆破车，"子默的父母都迁居到北京去了，把这好大的庭院完全交给了子默和子璇兄妹，所以，我们就是吵翻了天，也没有长辈来管我们，你说妙不妙？"

听起来确实很"妙"，芊芊笑了。

她这样一笑，若鸿也笑了。

"走吧！"若鸿牵住车，"我们慢慢走过去，半小时就走到了！"

第
二
章

　　就这样，杜芊芊跟着梅若鸿，来到了烟雨楼。那一天在
烟雨楼发生的事，真让芊芊终生难忘。

　　走进那小小的门厅，就是一条长长的、曲折的回廊，庭
院里，有水有桥有亭子有楼台。整个烟雨楼分为好几进。梅
若鸿边走边介绍：第一进是客厅餐厅；第二进是两层楼的建
筑，楼上是子璇子默的卧室，楼下最大的一间是画室，其他
是子默子璇的书房；第三进面对西湖，可览湖光山色，有个
名字叫"水心阁"。水心阁外有大大的平台，紧临湖边，有小
码头，系着小船，可直接上船游湖。

　　芊芊惊愕地看着这些楼台亭阁、曲院回廊，真是叹为观
止。心想自己家那栋花园洋房，在杭州已是少有的豪华，但
和烟雨楼比起来，就显得俗气了。哪有这纯中国式的、仿宋
的建筑来得典雅！人走进去，好像是走进一幅《清明上河图》
里，美得有点儿不太真实！

跨进那间大大的画室，梅若鸿就高声嚷着：

"各位各位！我给你们找来了一个很棒的模特儿！大家停一下停一下……我给你们介绍，杜芊芊！"

芊芊定睛看去，只见室内有五六位男士都竖着画架，正从各个角度，在画窗前的一位年轻女子。芊芊对那女子仔细一瞧，就吓了好大的一跳。原来，那女子长发披肩，胸前裹着一条白色的轻纱，整个人居然是赤裸的！她斜躺在一张卧榻上，那轻纱只能遮掩一小部分，她那两条修长的腿，就完完全全裸露于外。

"天哪！"芊芊低喊，"原来'模特儿'要这样子，我肯定是不行的！"她回头就想"逃"，"小葳，我们赶快回去吧！"

小葳早看得目瞪口呆，张大了嘴，他惊喊着：

"姐，她在洗澡吧，在这么大的房间里洗澡，又开着窗子，不怕着凉吗？"

此话一出，满屋子的人哄堂大笑。连窗边的裸身女子，也跟着大伙儿笑，笑得又潇洒又自然，没有丝毫的羞涩。

梅若鸿已拦住芊芊的出路：

"并不是每个模特儿，都要供大家做人体画！你就是现在这种打扮，很中国，很东方。和子璇那种妩媚的、健康的美不同，各有千秋！"他说着，就去拉了子默过来，急急地问子默，"子默，你说是不是？"

子默笑吟吟地，上上下下地打量了一下芊芊，眼中满是赞美，唇边满带笑意。芊芊也不由自主地看着子默，没想到这已享盛名的画家，居然还这么年轻。他是满屋子男士里，唯一一个穿西装的。戴着一副金丝边的眼镜，他看起来恂恂儒雅，倜傥风流。

"杜芊芊？"子默问，"难道你是杜世全的女儿？"

"是啊！"芊芊惊喜地，"你认得我爹？"

"不认识。但是，你爹在杭州太有名了！航业界巨子嘛！"

"不是巨子，只是有几条船！"芊芊慌忙说。

"哇！"一个瘦高个子惊呼出来，"原来是杜芊芊，杭州最有名的名门闺秀啊！若鸿，你怎么有本领把杜芊芊找来，实在有点天才啊！"说着，他就走上前来，仔细看芊芊。

"岂止是天才？简直是优秀！"另一个穿红衬衫的人接口。

"岂止是优秀？简直可以不朽啰！"另一个穿灰布长衫的说。

一时间，满屋子男士，都围了过来。对芊芊评头论足，赞美的赞美，问话的问话，自我介绍的自我介绍。

"我是叶鸣！"高个子说。

"我是沈致文！"红衬衫说。

"我是陆秀山！"灰长衫说。

"不忙不忙，你们让她这样子怎么弄得清楚？"子默插了进来，对芊芊说，"让我好好跟你介绍一下！"他一个个指着说："我是汪子默，那窗前坐着的是我妹妹汪子璇，我们这画会有六男一女，六男中，除了我和若鸿，剩下的四个人，我们称他们'一奇三怪'。'一奇'是指钟舒奇，因为他的名字里有个'奇'字。'三怪'就是叶鸣、沈致文和陆秀山了。其实他们并不怪，只因为要和那'一奇'相呼应，就称他们为

'三怪'。这'一奇三怪'中，钟舒奇最有原则，最有个性，你看他根本不为你美色所动，还在那儿埋头苦画呢！至于梅若鸿，他是我们画会中最有天分的一个，你已经认识了，就不用再介绍了。我们这个画会阳盛阴衰，大家画子璇，早就画腻了！欢迎你加入我们，成为画会里的第二个女性！"

子璇坐在那儿，怕轻纱落地，不敢移动。见大家都对芊芊围了过去，她就微微一笑，拾起手边的一支炭笔，对着子默弹了过去，炭笔不偏不倚，正中子默鼻尖。

"这算什么哥哥，见了美女当前，就忘了手足之情！"

大家都笑了起来。

梅若鸿又兴冲冲插进嘴来：

"你们看杜芊芊是不是很东方？很中国？又古典又雅致，配上咱们烟雨楼的楼台亭阁，就是幅最有诗意的仕女图，爱画人物的各位有福了！"

子璇又一笑，高声地抗议了：

"好了好了，杜芊芊登场，汪子璇退位！现在，既有东方的、中国的'美'来了，我这不中不西的'丑'也可以功成身退了！"

"子璇吃醋了！"那个被称为"一奇"的钟舒奇开了口，眼光始终停在子璇身上。

"就是要让她吃醋！"梅若鸿嚷得好大声，"平常就是她一个女孩子，成了画会里的压寨夫人，简直给咱们惯得无法无天！"

"梅若鸿，"子璇一个字一个字地说，"你可有良心？"

"我什么心都有！黑心、苦心、痛心、爱心……就缺一个良心！"梅若鸿答得迅速。

满屋子里的人全笑了，子璇也笑了。弯着腰，她笑得好开心，手捧在胸前，生怕那轻纱会落下来。芊芊看看这个，看看那个，她从没有接触过这样的一群人，这么放浪形骸、无拘无束。她感染了这一片欢愉的气氛，对那个"压寨夫人"汪子璇，不禁油然地生出一种羡慕的情绪。她生活在这样一堆男士之间，是万绿丛中一点红，能得到这么多"画家"的"欣赏"，真是太幸福了。

芊芊的"羡慕"似乎来得太早。大家的笑声尚未停止，忽然间，院子里就传来一阵大呼小叫。汪家的管家老陆扬着声音在喊：

"姑爷！不可以这样啊！你不能带着这么多人来闹呀……姑爷！你干什么？干什么呀……"

屋子里的笑声一下子全没有了。子默脸色僵了僵，对子璇迅速地看了一眼：

"那个阴魂不散的谷玉农，就不让我们过好日子！"

话未说完，一个浓眉大眼的年轻人，带着四个警察，竟一哄而入。那年轻人直冲到子璇面前，眼中似乎要喷出火来。他指着满屋的男士，咬牙切齿地吼着：

"就是他们！诱拐了我的太太，在这里从事这种有违善良风俗、寡廉鲜耻的勾当！"

芊芊愕然后退，忙把小葳拥在身前。她惊奇极了，原来，子璇是有丈夫的！

"谷玉农！你这是干什么？"子璇跳下椅子来了，用白纱紧紧裹着自己，生气地大叫。

"我才要问你干什么呢？"那谷玉农吼了回去，"光天化日之下，你在这么多男人面前这个模样，你还记得你是有丈夫的人吗？"

子璇涨红了脸，又气又急又伤心地接口：

"我早就要跟你离婚了！我们个性不合，观念不同，根本无法共同生活，我已经搬回烟雨楼，跟你分居了，你为什么还不放过我？"

"什么叫离婚？什么叫分居？我听都听不懂！"谷玉农喊着，伸手就去拉子璇，"你最好赶紧把衣服穿穿，跟我回家，免得大家难看！"

"你这样大张旗鼓，杀进烟雨楼，你还有脸说什么难看不难看！"子璇气得发抖，一边说着，一边冲到屏风后面，去换衣服了。

子默急忙往前冲了一步，拉住谷玉农，把他往外推：

"玉农，这是我的地方，没有经过我的允许，你最好不要惹是生非，赶快把你这些警察朋友带走！"

谷玉农一把就推开了子默。

"就是你这个哥哥在这边起带头作用，子璇才敢这么放肆！弄到离家出走，跑到这里来跟这些乱七八糟的男人鬼混！"

"闭上你的脏嘴！"一个声音大吼着，芊芊看过去，是那个"一奇"，他冲上去，就扯住谷玉农的衣领，"你看清楚，我们如果算是乱七八糟的男人，那么你算什么？你不懂艺术也就算了，对子璇你总该有起码的尊重，这样带了警察来，实在是太没风度了！"

"我没风度就没风度，因为她是我老婆，等你娶了老婆，再来供大家观赏吧！"

"如果子璇是我老婆，我巴不得大家画她！"

"可惜她不是你老婆！"

两个男人，鼻子对着鼻子，眼睛瞪着眼睛，彼此吼叫。子默又伸手去推谷玉农，若鸿也加入了：

"走走走！"若鸿嚷着，"子璇是我们画会的成员，她参加画会活动，与你的家庭生活无关，你不能到我们画会里来，欺侮我们的成员！"

"对！"沈致文叫着。

"对！"叶鸣也叫着。

一时间，群情激愤。所有的人都冲上去，要推走谷玉农。谷玉农放声大叫：

"快呀！把他们统统抓起来！把我老婆带走呀……"

谷玉农一面喊着，一面就迅雷不及掩耳地挥出拳头，砰的一声，打中了梅若鸿的下巴。梅若鸿毫无防备，整个人摔了出去，带翻了一个画架，颜料炭笔撒了一地。这一下子，"一奇三怪"全激动了，个个摩拳擦掌，又吼又叫，要追打谷玉农，房间里乱成一团。子璇穿好衣服，从屏风后走出来，看到这种情形，气得直跳脚：

"玉农！你疯了吗？你这种样子，我一辈子都不要理你……"

子璇话没喊完，两个警察奔上前来，一左一右，就抓住了子璇的胳臂，把她拖往门外去。

"救命呀！"子璇尖叫起来，"哥！救我呀！舒奇，救我！若鸿，救命呀……大家救我呀……"

顿时间，画室乱得不可收拾。钟舒奇和梅若鸿，都拔脚追出门外，去追两个警察。子默忍无可忍，竟和谷玉农大打出手，两个人从室内也打到室外。叶鸣、沈致文、陆秀山这"三怪"，怎会让子默吃亏，全都追着谷玉农，挥拳的挥拳，踢脚的踢脚，乱打一番。另两个警察看到这等景象，就去捉拿"三怪"。谁知，那陆秀山颇有拳脚功夫，居然大吼一声，跳起身子，拳打脚踢地和警察干起架来。

小葳何时看过这样精彩的好戏？追到院子里，他兴奋地跳着脚大叫：

"打得好！左勾拳！右勾拳！打他一个落花流水！好玩！真太好玩了！"

芊芊拼命去拉住小葳，简直不知道该如何是好，怎么也没料到自己初到烟雨楼，就目睹了这样精彩的一幕。

院子里，四个警察加上谷玉农，和子默、梅若鸿等人分成了两组，打得天翻地覆。正在不可开交的时候，忽然有个警察拔出枪来，对天空鸣了一枪。

这一声巨大的枪响，把所有的人都吓住了，大家不约而同地停了手，彼此面面相觑。

"混账！"那放枪的警察破口大骂，"你们这些文化流氓！打着艺术的旗子，做色情的勾当！分明是挂羊头卖狗肉的行为！现在还对警察动武，我把你们统统抓进警察厅去！"他握着枪，气势汹汹地指着众人："一个个都给我住手！否则，我就对着人开枪，不怕死的就试试看！"

梅若鸿就是不信邪，他往前冲去，喊着：

"你们警察，是要保卫人民，不是欺压人民……"

那警察立刻扣动扳机，枪声骤响，枪弹呼的一声打梅若鸿头顶掠过。子璇心胆俱碎，惊叫出声：

"若鸿！"

梅若鸿被枪声震得呆住了。一时间，大家都安静下来，在枪口的威胁下谁也不敢再动。

然后，警察拿出了手铐，把子默、若鸿和那"一奇三怪"全给铐了起来。谷玉农抓住了子璇，对警察们叫着说：

"这些流氓你们带走，老婆我带回家了！"

子璇奋力挣扎，又踢又叫，状如拼命：

"我宁愿去坐牢，我宁愿去上断头台，我也不跟你回家！你放开我！放开我！"

谷玉农脸色铁青，死死地瞪着子璇，被子璇那样冷冽的眼神，那样悲壮的神色给打败了。他把子璇重重地一摔，摔到了警察身边，气冲冲地说：

"你那么想坐牢，我就成全了你！"他看看警察说，"把她也带走吧！"

芊芊见情势不妙，生怕遭到波及，已拉着小葳，悄悄地退到了假山后面。躲在那儿，她眼睁睁地看着四个警察，像押解强盗般，把整个醉马画会都押上了三辆吉普车，然后就呼啸着，风驰电掣般开着车走了。

对于杜芊芊来说，这烟雨楼之行，真是平静生活中，一个惊心动魄的遭遇。第一次认识一大群艺术家，第一次看到"人体画"，第一次遇见敢于挣脱婚姻枷锁的女了，第一次目睹打群架，更是第一次看到警察鸣枪抓人……在这么多的"第一次"中，她也是"第一次"体会到，自己平日那种养尊处优的大小姐生活，实在是太贫乏、太单调、太不"多彩多姿"了。

第三章

　　醉马画会的会员们，只坐了一天牢，第二天下午，就全体被释放了。当这群"共患难"的兄弟们，带着子璇，走出那警察厅，一眼见到的，竟是芊芊。

　　"芊芊！"梅若鸿惊喜地说，"你在等我们吗？"

　　"是呀！"芊芊的笑，灿烂如阳光，她开始去数人头，"一二三四五六七，一个都不少，对不对？"

　　"嘿！"子默注视着芊芊，"原来是你！我说呢，怎么这么容易就把咱们放出来了？你用什么方法说服了那个冥顽不灵的警察厅厅长？"

　　"真的是你吗？"梅若鸿不相信地，"我还以为是我对那厅长的一篇演讲，把他给感化了！"

　　"我还以为是我陆大侠的'英气'，把他给'震'倒了！"陆秀山接口。

　　顿时间，你一言，我一语，热烈地讨论起在警察厅的种种。芊芊只是微笑着望着大家。子璇走了过去，热情地握住芊芊的手，感激地说：

"若鸿真没有白白把你带到烟雨楼，第一次见面，你就肯拔刀相助，真是够朋友！"

"你到底怎么做到的呢？"大伙儿问。

"其实，你们应该去谢谢小葳！"芊芊笑着说，"他一回家呀，那份兴奋劲儿就别提了，绘声绘色，添油加醋地把你们这些英雄，怎样力战恶霸的情形，都告诉我爹了。我就顺势求我爹打个电话给警察厅厅长，因为他们是老朋友。我爹本来不肯，还训了我一顿。但是拗不过小葳，最后，还是打了。警察厅厅长接到我爹电话，松了好大一口气，说：嗬！这些艺术家够麻烦的，又会说，又会闹，歪理一大堆，已经弄得他头昏脑涨了，而且，他这清官难断家务事，还是放掉算了。所以，你们就统统出来了！"

芊芊一口气说完，大家这才明白过来。笑的笑，谢的谢，问的问，围着芊芊，好不热闹。

钟舒奇的眼光，一直注视着子璇，这时，走到子璇身边，悄悄地问了一句：

"他们把你关在另外一间，有没有对你怎样？"

子璇愣了愣，就仰头哈哈大笑起来：

"有哦！"她夸张地说，"先是给我灌水！后来又夹我的手指甲，还用烧红的铁钳子烫我呢！"

钟舒奇的脸色沉了沉，眼光阴暗下去：

"我是真关心你！你不要嘻嘻哈哈地尽开玩笑，如果那些警察让你吃了亏，我就是拼了这条命，也要为你讨回公道！"

子璇看到钟舒奇那么认真的样子，感动了。

"舒奇，你放心！"她说，"他们看到我有这么多'男朋友'，吓都吓坏了，谁也不敢招惹我！"

"我料想他们也不敢！"叶鸣走过来，毫不客气地挤掉了钟舒奇，"谁要伤害了子璇一根汗毛，我就和他没完没了！"

芊芊惊奇地看着这两位男士，公然对子璇献殷勤，真是见所未见。想想看，子璇还有丈夫呢！那丈夫虽然有些蛮横，看样子，对子璇依然在乎，不能忘情吧！怎么会有这样的女人呢？她看着子璇：弯弯的眉毛，明亮的眼睛，挺秀的鼻梁，小小的嘴，匀称的身材，修长的腿……天哪！她真美！

"好了！芊芊！"子璇推了推她，嫣然一笑，"为什么盯着我看，你在我脸上找什么？"

"我……"芊芊一愣，脸就红了，"我在想，你……你……你实在是'与众不同'啊！"

"岂止子璇是'与众不同'的！"沈致文喊了起来，"我们每一个人都是'与众不同'啊！"

"真不谦虚呀！"陆秀山笑着说。

"谁要谦虚？"梅若鸿豪气地问，"谦虚是什么东西？谦者，谦让也，虚者，虚伪也。这两样东西加起来，已经害了中国读书人几千年了……"

"对！对！对！"众人大叫，吼声震天。

"别喊了！别喊了！"子默伸手，做了个压制的手势，"你们再这么狂吼乱叫的，那位警察厅厅长又要给我们一顶

'扰乱治安'的帽子戴了！我看，大家兴致这么高，就去烟雨楼吧！为了庆祝大伙无罪释放，也为了欢迎杜芊芊加入本会，我们今晚吃它一顿，不醉无归，怎样？"

"好啊！"众人欢呼起来，叫得好大声，"好啊！好啊！庆祝重生，不醉无归！"

于是，芊芊跟着大伙，又到了烟雨楼。

那天，大家真是快乐极了。他们在烟雨楼那临湖的平台上，生起了火，大家围着火坐着，吃烤肉、喝酒、聊天。人人兴致高昂，个个欢天喜地。谷玉农的阴影，已被抛诸脑后。夜色降临了，火光映红了每个人的脸，月光照亮了每个人的笑。芊芊从没有参与过这样的"盛会"，喝了一点酒，就醺然欲醉了。不知道为什么，她就总是笑，不停地笑。子璇是海量，酒到杯干，和男孩子一样拼着酒，豪气干云。连喝了好多杯之后，她叫着说：

"拿竹竿来！我要跳竹竿舞！"

沈致文和陆秀山拿了四根长竹竿来，"一奇三怪"就在平台上拍打着竹竿，子璇脱掉了鞋子，赤脚跳了进去，一双白皙的脚，出神入化地在竹竿中穿梭，跳进跳出，煞是好看。芊芊简直看呆了。众人围在旁边，高声念着苏东坡的词：

"明月几时有？把酒问青天，不知天上宫阙，今夕是何年？我欲乘风归去，又恐琼楼玉宇，高处不胜寒……"

大家用慢拍子念了一遍，再用快拍子念了一遍，竹竿配合着念的速度，由慢而快。众人越念越大声，越念越快，子璇也越跳越快……芊芊看得怦然心动，跳起身子说：

"我也来跳！"

"来来来！"子璇欢声说，"只要抓住节奏，不难不难！"

芊芊也开始跳了，大家放慢了拍子，芊芊学习得很快，马上就熟了。两个女孩跳得裙摆飞扬，好看极了。芊芊有韵律地跳着，大家疯狂地念着：

"转朱阁，低绮户，照无眠。不应有恨，何事长向别时圆……"

念声越来越快，响彻云霄，两个女孩像花蝴蝶般飞舞着，已舞得上气不接下气，娇喘连连，惊喊阵阵，弄得男士们更加兴奋，最后，速度已快到没有断句了：

"人有悲欢离合月有阴晴圆缺此事古难全但愿人长久啊……"

大家惊叫了起来，原来芊芊的脚终于绊到了竹竿，整个人就站立不住，倒了下去。梅若鸿和子默同时抢上前去要接，芊芊倒进了梅若鸿怀里。子默接了个空。

芊芊抬眼一看，和若鸿的眼光接个正着。两人都蓦然震动，在这电光石火的刹那，已在彼此眼中，读出某种令人悸动的情愫。这一下，两人都有片刻的惊怔与忘我，只是震动地看着对方。众人开始哄然叫好，故意把声音拖得长长的，齐声吼叫着：

"千——里——共——婵——娟！"

芊芊羞红了脸，慌忙从若鸿怀里站起来。众人又叫又闹又鼓掌，简直快疯狂了。子璇笑着看她，又笑着去看若鸿，笑个没停。大家都醉了。

　　然后，他们围着火，玩"飞花令"，玩"接成语"，玩"接故事"，一直玩到夜静更深。芊芊真是太快乐了，她把时间都忘了，家教也忘了，爹娘也忘了，整个人都融进这从未经历过的狂欢里。

　　那夜，大家玩了很多的游戏，芊芊都记不得了。只记得，最后，若鸿不知道怎么跟子默飙上了。他们比赛说出四个字的成语，一定要第一个字是"东"，第三个字是"西"。说不出来的要罚酒。于是"东拉西扯""东倒西歪""东藏西躲""东奔西走""东飘西荡""东张西望""东翻西找""东来西往""东哄西骗""东推西让"……全体出炉。芊芊听得简直入迷了，从来不知道有这么多的东啊西啊。脑袋就跟着若鸿和子默转，一会儿看若鸿，一会儿看子默。接到最后，两人都有点词穷了，众人起哄，不住罚两人喝酒。两人一边喝酒，一边还在"战"：

　　"东逃西躲！"子默说。

　　"东听西采！"若鸿说。

　　"东闻西嗅！"子默说。

　　"东风西渐！"若鸿说。

　　"东扭西捏！"子默说。

　　"东看西看！"若鸿说。

　　"不算不算！"子默大叫，"这不是成语，罚酒！"

　　"算！算！算！"子璇叫。

　　"算！算！算！"芊芊也跟着叫。

"好吧!"子默说,"你能东看西看,我就能东走西走!"

"你能东走西走,"若鸿大笑,"我就能东跑西跑!"

"那我就能东打西打!"子默说。

"那我只好东拼西拼!"

"那我就东捶西踢!"子默说。

"好厉害!"若鸿笑得喘不过气来了,"我只好东逃西逃!"

"你东逃西逃,我就东追西追!"子默说。

大家已笑得七歪八倒,现场杯盘狼藉,一团混乱。芊芊笑得眼泪都出来了,子璇笑得拼命揉肚子。

"你这么追法,我只好东爬西爬了!"若鸿边笑边说。

"你怎么就爬下了呢?"子默笑着问。

"已经被你追杀得东伤西伤了!"

"我还没施出我的东拳西掌呢?"

若鸿大笑,举双手投降:

"我给你东拜西拜,别再东杀西砍了!"

大家哄笑不断,搞不清楚他们到底谁赢了。他们也不需要大家搞清楚,自顾自地就灌起酒来。

然后,当月已西沉,火也渐灭的时候,大家就决定,一起送芊芊回家。

原来,汪家养了两匹马,还有一部西式的敞篷马车,平时,常常驾着马车,一伙人出游。现在,就全体挤进了马车里。子默驾着马车,踢踢踏踏,轱轱辘辘地驰向杜家去。众人在马车里也不肯安静,大家唱着一首节奏轻快的歌,那歌词是这样的:

山呀山呀山重重！

云呀云呀云翩翩！

水呀水呀水盈盈，

柳呀柳呀柳如烟！

结呀结呀结伴游，

笑呀笑呀笑翻天！

人呀人呀人儿醉，

月呀月呀月儿圆！

　　大家就这样，带着意气，带着欢喜，一路高歌着，把芊芊送到家门口。当福嫂踏着夜色，奔来开门，看到这样一辆马车及一车子疯疯癫癫的男士时，简直吓得魂都没有了。芊芊下了车，还拖着福嫂对众人介绍：

　　"这是我奶妈福嫂！"

　　众人齐声大叫：

　　"福嫂好！"

　　福嫂忙不迭地把门关上，把那一车子人都关在门外。抓着醉醺醺的芊芊，她紧张地、轻声地说：

　　"快给我悄悄溜上楼去，千万别吵醒了老爷太太！我的天哪！喝得这样醉醺醺，还像个'小姐'吗？"

第四章

芋芋就这样和醉马画会打成了一片，俨然成为画会里的一分子了。

杜家是杭州的名门世家，杜世全虽不算杭州的首富，也是数一数二的人物。他拥有一家"四海航运公司"，说是"航运"，主要走的是长江和运河线。只有内陆船，并没有海船，做的是运输和转口贸易。在那个年代，从事这个行业的人真是凤毛麟角，能做得有声有色的更是少之又少。杜世全的名字，也就在杭州响当当。其实，这"四海航运"的总公司在上海，因为杜世全的老家在杭州，所以在杭州也有分公司。

杜世全是个很奇怪的人，他虽然从商，自己却颇有书卷味，热爱中国的传统。他公司里的职员，大部分穿西装，他却永远是一袭长衫，连见外宾时都不变。他跨在一个新中国与旧中国的界限上，做事时颇为果断，冲劲十足，深受西方的影响。但是，在观念和思想上，他又很保守，依然是个不折不扣的中国人，甚至是旧时代的中国人。因为事业成功、家庭富有，他身边自然奴婢成群。这，养成了他有些专横的个性，脾气非常火暴，全家对他，都必须言听计从，忍让三分。在公司中，他是老板，在家里，他是"一家之主"。这一家之主是相当权威的！但是，他对自己的一儿一女，却十分宠爱。因为过分宠爱，就也有迁就的时候，一旦迁就，他的"原则"就会乱掉。他就是这样一个半新半旧、半中半西、有时跋扈、有时柔软的人！

在芊芊卷入醉马画会的这时期，杜世全刚刚娶了他第三个姨太太素卿。杜世全的大老婆意莲是个非常贤惠、知书达理的女人，只生了芊芊这一个女儿，就不曾再生育。杜世全理所当然，又娶了心茹姨娘，生了小葳。谁知心茹并不长寿，两年前去世了。他忍耐了两年，终于耐不住了，就又纳了个上海女子素卿为三姨娘。这时，他才把这三姨娘带回杭州，以为意莲会像接受心茹一样接受素卿。谁知，意莲竟大受打击，闷闷不乐。芊芊已十九岁，护母心切，对这素卿也全然排斥。九岁的小葳，更站在姊姊和大娘一边。连一声"卿姨娘"都叫得勉强。偏偏素卿是个侵略性很强，占有欲也很强的女人，恃宠而骄，处处不肯退让。于是，家中随时会爆发战争，大女人（意莲）、中女人（素卿）、小女人（芊芊）就吵成一团。吵得这很有权威的杜世全也头昏脑涨。所以，当芊芊常常往外跑，又去参加画会，又去学画什么的，杜世全以为女儿就是不肯面对素卿，要逃离这个"家"。他教训了两句，就也没时间和心情来管了。

就在这种情况下，芊芊才能常去烟雨楼，当然，也去了水云间。

芊芊第一次去水云间，是子璇带她去的。

子璇准备了一个食物篮，把厨房中陆嫂准备的熏鱼、卤蛋、红烧牛肉、蹄筋、干丝……样样菜色，全都备齐，带着芊芊，散步到了水云间。

那天的梅若鸿，正是一个很典型的"倒霉日"。

早上起床后，就发现米缸已经空空如也，家里除了白开水，似乎找不到什么可以充饥的东西。算了，先画画吧！画到中午，太饿了，想起自己还养了只会下蛋的母鸡，几日来一定积了不少蛋，跑去篱笆院的鸡笼里一摸，嗨！一个蛋也没有！再画画时，发现画纸全用光了，颜料也所剩无几。决定出去想办法，卷了一卷画去城西那家字画老店"墨轩"，想用画来抵押，赊一点画纸和颜料，谁知竟被那店小二骂了出来，说是前账未清前，绝不再赊账！对他的画也不屑一顾，完全狗眼看人低。无可奈何，只得回家。归途中，骑车走在田埂上，居然和一个农夫各不相让，吵了起来，农夫挑着两桶水，硬是从他身边挤过去，把他给挤进了田里，跌了一身烂泥。回到水云间，心一狠，想把老母鸡宰了充饥，伸手去鸡笼里一摸，简直不可思议，那只鸡竟也逃之夭夭，"鸡去笼空"了。

当芊芊和子璇结伴而来时，梅若鸿正趴在篱笆院里的草地上，在草丛中、杂物中找寻他的老母鸡，嘴里还在那儿"咯咯咯，咯咯咯"地唤着母鸡。

"咯咯咯！你给我出来！你怎么可以这样忘恩负义，蛋也不下一个就弃我而去？咯咯咯……"

芊芊睁大了眼睛，简直是惊愕得不得了。见识过了楼台亭阁的烟雨楼以后，她一直以为水云间也是座古典的"大建筑"，谁知竟是这样简单的一间"竹篱茅舍"！她来不及细细打量水云间，眼光就被趴在地上的梅若鸿给吸引了。她惊愕地问：

"你趴在地上，在找什么呢？"

子璇倒是见怪不怪，嘻嘻一笑：

"若鸿，我真是佩服你，"她说，"你一个人也能自得其乐！"

若鸿抬头看了她们一眼，就求救似的说：

"你们来得正好，快帮我找咯咯咯，突然不见了！还指望它给我下蛋呢，结果它竟不告而别！"

"咯咯咯是你养的鸡吗？"芊芊天真地问，"一定长得很可爱吧？我来帮你找！"说着，她就在院子里到处张望，东翻翻，西翻翻，连水缸盖子都打开看看，好像老母鸡会藏到水底去似的。

"好了！若鸿，你别折腾芊芊了！"子璇忍住笑说，"你这一身泥，又是怎么弄的？"

"倒霉嘛！"若鸿站起身来，开始述说，"先是鸡蛋没着落，再是赊账不成！接着嘛，在田埂上碰到一个凶农夫，把我给挤到田里去！回来一看，天啊，咯咯咯'鸡飞冥冥'，于是乎，就变成你们看到的这副狼狈相了！"

芊芊真是"闻所未闻""见所未见"，眨巴着她那双灵活的大眼睛，只是对着他发呆。若鸿见她这样"惊奇"，就哈哈大笑了起来：

"其实没什么，很普通的事，对我来说是家常便饭，上次我掉进西湖，差点没淹死，这次掉到田里，完全是小状况！"

"你快去水缸边把自己清洗一下！"子璇对若鸿说，"那只老母鸡也别找了，不知道你多久没喂了，八成自己去打天下了！"

"我看，"若鸿悻悻然地接口，"准是耐不了空闺寂寞，四方云游，去找老公鸡了！"

"那也不错！"子璇大笑，"有勇气去追求恋爱自由，是只难能可贵的老母鸡！应该颁发最佳勇气奖！"

芊芊看着他们两个，那么融洽，那么知己，好像是家人一般，这种气氛让她深深感动了。他们一边说着，已经绕到水云间的正门。屋檐下的风铃迎风摆动，丁零零地唱着一首清脆的歌。她伸手去抓住了风铃下的小木牌：

"水云间，好美的名字！"芊芊说。她四面张望，蓝天无际，白云悠悠。西湖如镜，苏堤如练。远山隐隐，烟波渺渺。真是人在画中，这才领悟水云间的魅力。"为什么取名叫'水云间'？有特殊含意吗？"

若鸿潇洒地一笑，指向水和天：

"水是西湖，云是天，我的小木屋就在西湖与天之间，我梅若鸿就住在水和云之间，所以叫'水云间'！"

芊芊被这样潇洒的情怀、这样豪放的胸襟、这样诗意的环境和这样萧条的现实所震撼了。带着种迷惑的情思，他们走进了小屋，一屋子的光线，在室内闪闪烁烁。原来木板与木板间有隙缝，阳光就从隙缝中射入，投射在床上、书桌上、画架上、墙架上……真是美丽极了。芊芊不得不想，下大雨的时候，这些隙缝会怎样？

室内的东西很简单，整个就是那样一大间，靠窗是书桌兼画桌，旁边竖着个大画架。靠墙，有一排书架，上面除了书以外，也放了许多瓶瓶罐罐。瓶瓶罐罐里，有的插着画笔，有的插着剪刀画尺等工具，还有个茶叶罐，里面插着一束芦苇。屋角有个筒形的、巨大的藤篮，里面全是画好的画卷。至于画板，更是每个墙边都有，连那张木板床上，也堆满了画。屋子的转角处是厨房，有炉灶、有水壶、有简单的锅呀盆呀的炊具。

子璇走到画桌前，把食篮里的东西一件件搬了出来，陈设在桌子上。若鸿洗干净了手脸，走过来一看，就忘形地大叫了起来：

"子璇，你真是我的知音呀！"

"是呀！"子璇笑着说，"我几里以外就听到你肚子里咕噜咕噜的叫声了！本来我昨天就要来的，可是谷玉农又跑来了，缠着我要讲和，被他闹成那样子，怎么还可能讲和呢？就耽误到今天再来……喂！若鸿，不要这样虐待你自己好不好？我忙的时候，劳驾你去烟雨楼好吗？"

"我已经一半日子都在烟雨楼了！"若鸿坐下来，拿起筷子，就开始狼吞虎咽，"哇！实在太美味了！你们也吃呀！不然我这秋风扫落叶似的，你们要吃就没有了！"

"我早已吃过了！"芊芊连忙说，稀奇地看着若鸿。

若鸿吃得眉飞色舞。

"嘿！有这么好的菜，怎可无酒？"他居然"得陇望蜀"起来，"子璇，酒呢？你有没有给我带酒来？"

子璇微笑着，从食篮里提出一小瓶绍兴酒来，往桌上一放。

若鸿发出一声好大的欢呼，跳起身子，拉起子璇的双手，就在室内绕了个圈子。他似乎恨不得想把子璇抱起来，举向天空。放开子璇，他眼睛里闪耀着喜悦，又感动又热情地说：

"一个早上的霉运，都被你一扫而空！此时此刻，我真想拥抱全世界！想想看，我梅若鸿毕竟是个好富有、好富有的人！"

芊芊注视着这个"好富有"的人，再注视那笑吟吟的子璇，心中非常感动。她突然了解到，子璇除了拥有谷玉农、钟舒奇、叶鸣等人的爱以外，她还拥有梅若鸿的"知遇之感"。他们两个之间，那种默契，那种和谐，不知怎的，就让芊芊那纤细的心，微微地刺痛了起来。

几天以后，芊芊再到水云间来看若鸿，带来了一大笼的母鸡，有二十几只。

"若鸿！你看！"她兴冲冲地说，"这么多只咯咯咯，就不怕它走丢了！"

"老天！"若鸿瞪大了眼睛，"杜大小姐，你真是大手笔呀！难道你不知道，我一只老母鸡都养不活，把它养得离家出走了！你现在送一大笼来，你要我怎么养呢？"

"哦！"芊芊一怔，自己也失笑了，"我没有想那么多！没关系，我会再送一袋米来，那么，你也有的吃，鸡也有的吃！"

梅若鸿愣住了，脸色迅速地阴暗下去，眼底，有种受伤的情绪：

"你在做什么？"他尖锐地说，"又送鸡又送米，你在放赈吗？"

"放赈？"芊芊听不懂，"什么放赈？"

"你在救济我！"他叫了起来，脸涨红了，"杜芊芊，让我告诉你，我的生活是自在逍遥的，你不要用你杜大家族的施舍来侮辱我！"

"什么救济？什么侮辱？你怎么说得这么难听？"芊芊一急，眼中就充泪了，"我特地到菜市场去，特地去买这些鸡，提了这么大老远路给你送来，我是一片好意！你不接受也罢了，怎么发这么大脾气，故意扭曲我的意思！你……你太过分了！"

梅若鸿呆呆站着，看着芊芊那对水蒙蒙的大眼睛。在那对大眼睛里，看到那种让他全心灵都惊悸起来的柔情。他震动着、慌乱着、退缩着、躲避着……不行！不行！美好如芊芊，完美如芊芊，会让他自惭形秽啊！

"你走！"他狼狈地、昏乱地说，"带着你的鸡一起走！我梅若鸿……"他艰涩地吐出来，"无功不受禄！"

"你不公平！"芊芊的泪，顿时间如决堤般滚滚而出，

"我明明看到子璇为你送菜送酒的！为什么子璇可以，我不可以？"

"子璇……和你不一样……"

"怎么不一样？"她逼近了，泪雾中的眸子，闪闪发亮，带着一股强大的力量，对他压迫过来。

"子璇和我，是同一国的人，"他勉强地说，"你不同，你来自另一个国度！我可以接受内援，不能接受外援！否则……"他说得语无伦次，"否则，我就太没格调了！"

"好！我懂了！"芊芊一跺脚，回头就走，走到那笼鸡的前面，她气冲冲地打开鸡笼，把二十几只鸡全赶得满天飞。她对鸡群挥舞着双手，嘴里大喊："去去去！去找自由去！去找大公鸡去！去去去！快去快去！快去快去……"

一时间，满院子鸡，咯咯狂叫，飞来飞去，简直惊天动地。若鸿震惊极了，喊着说：

"你在做什么？"

芊芊瞪了他一眼，昂起下巴说：

"我把所有的'外援'，全体'外放'了！这下子，你可以心安理得了！我这个'外国人'，也撤退了，免得侵犯了你的'领土'！"

说完，她掉头就跑走了。

"芊芊！芊芊！"他追了两步，又硬生生地收住了脚。心中翻翻滚滚，涌上一阵澎湃的心潮。这样的女孩，这样伶俐的口齿，他喜欢！他太喜欢了！

不行！不行！他倒退着，一直退到水云间的墙上，他就靠着墙，整个人滑坐下来，用双手紧紧捧着头。他记忆的底层，有片阴霾正悄然掩至。不行不行！他有什么资格去追回她，去喜欢她呢？

　　一种难以解释的挫败感，就这样向他淹没了过来。

第五章

几天后，在烟雨楼的一次聚会中，这挫败感又一次淹没了若鸿。

那天，大家都聚在画室，唯独芊芊没有来。子默三番两次去回廊上张望，终于引起全体的注意。这汪子默，今年已经二十八岁，却仍然孤家寡人。平日，他常说他抱"独身主义"，不相信人间有"天长地久"，所以，也不相信婚姻。说来也巧，这醉马画会里的男士个个是单身，都二十好几了还没成亲。但，大家和子默不一样，都是"事业未成，功名未就"，都是穷得叮叮当当，又都是由外地来杭州求学，再留在杭州习画的，老家分散在全国各地。像梅若鸿，就是四川人，钟舒奇来自武汉，"三怪"中的沈致文和叶鸣来自安徽，陆秀山最远，是从东北来的。大家既不是杭州人，对未来也没什么把握，就都不愿谈婚姻大事。可是，这汪子默就不然了，又有钱又有名，又年轻又漂亮，是许多名门闺秀注意的目标，他偏偏不动心，简直是个怪人！而现在呢？他居然也有"望穿秋水"的时候！

"你给我从实招来！"陆秀山盯着他说，"你这样魂不守舍，到底是在等谁？"

"招就招嘛！有什么了不起！"子默居然潇潇洒洒地说了，"等杜芊芊嘛！"

"不得了！"沈致文大叫，"汪子默凡心动了，杜芊芊难逃魔掌！"

"什么'魔掌'？"子默瞪瞪眼，"你少胡说！"

"我是说'默掌'，说错了吗？"

大家都笑了。这"醉马三怪"，个个能说善道。

"这不行！"陆秀山的脸一垮，"我陆大侠难得对一个女孩子动了心，你这个大哥拦在前面，我还有什么戏可唱！"

"就是嘛！"沈致文接口，"太不公平了！"

子默啼笑皆非地看看众人，举起手来说：

"好好好，大家说实话吧！你们当中对杜芊芊有好感，想追杜芊芊的，请举手！我要先知道敌人在哪里，好对准目标一个个清除掉！"

"我！"

"我！"

"我！"

一下子举起三只手来，子默一看，除沈致文和陆秀山以外，还有一只居然是子璇的，子默笑着说：

"你凑什么热闹？你是女孩子吧！"

"哇！那个杜芊芊，连我这女孩子看了都心动！我如果是男孩子啊，杜芊芊一定被我追上，你们都不够瞧！"

大家发出一片哗然之声。

子默看向若鸿。

"你——不举手？"他盯着若鸿问。

"我——"若鸿怔了怔，仔细地想了想，就慢慢地举起手来，举到一半，他又颓然地缩回去了，对子默说，"我让给你吧！"

"真的吗？"子默紧盯着若鸿，半认真半玩笑地，"这个杜芊芊，可是你带到烟雨楼来的，你如果弃权，我就当仁不让了！"

"子默，我必须审审你，"若鸿提起神来，凝视着子默，"你不是抱独身主义的吗？这回怎么？是真动心还是假动心？"

子默微微一笑，眼中的光芒是非常真挚的。

"我也不知道是真动心还是假动心，但是，就有那种'众里寻他千百度，蓦然回首，那人却在灯火阑珊处'的感觉！"

"哇！"钟舒奇大大一叹，"连子默都栽进去了，真是各人有各人的债！"说着，就情不自已地看了眼子璇。

"好了！我明白了！"子默笑着说，"我们醉马画会，已被两个女子，双分天下，壁垒分明！好了，我知道我的敌人有些谁了，我们就各展神通，大家追吧！追上的人不可以保密，要请大家喝酒！"

"好！好！好！"大家起哄地喊着，吼声震天。

子默好奇地看了看若鸿，仍然有些不放心。

"你到底是哪一边天下的人？我对你有点摸不清楚！"

"我啊！"若鸿抬头看天，忽然就感到忧郁起来，那片阴霾又移过来了，紧紧地压在他的心上，挫败感和自卑感同时发作，竟不知该如何自处了，"你们所有的战争都不用算我。反正，我啊……我是绝缘体！"

"那太好了！"子默如释重负，"去除了你梅若鸿这个敌手，我就胜券在握了！"

"咦！别小看人！"沈致文大叫，"还有我呢！"

"是呀，鹿死谁手，还不知道呢！不到最后关头，谁都别得意，男女的事，比一部《三国演义》还复杂！"陆秀山说。

"好吧好吧！公平竞争嘛！"子默喊，"也不知道人家杜芊芊，定过亲没有？"

"算了吧！"叶鸣说，"成过亲的，我们还不是照追不误，定了亲拦得住谁呢？"

大家都笑了。

这是若鸿第一次听到子默坦承爱芊芊，这带给了他极大的"冲击"。他觉得无法再在画室待下去，就走到外面的回廊里，抬头望着西湖，心情十分紊乱。在那远远的天边，真的有乌云在缓缓地推近。他甩甩头，想甩掉一些记忆，却甩出了芊芊那雾蒙蒙的眼睛；几分天真，几分幽怨，几分温柔，几分深情……他再甩头，甩不掉这对眼睛。他不服气，再甩了一下头。

"你的头怎样了？得罪了你吗？"子璇走过来，微笑地问，"别把脑袋甩掉了！感情的事，要问这儿，"她指指他的心脏，"不是问这里！"她再指指他的脑袋。说完，翩然一笑，她跑走了。

若鸿有些眩惑起来。这两个女子——子璇和芊芊，都各有各的美丽，各有各的灵慧，真是平分秋色，各有千秋！

下一次聚会中，芊芊来了。她看来有些忧郁，有些憔悴。原来，她和她家那位卿姨娘起了冲突，杜世全偏袒卿姨娘，狠狠地责备了她。芊芊到了烟雨楼，忍不住就把自己的烦恼和盘托出，她真恨这个"一夫多妻"制！真恨男人的"得陇望蜀""用情不专"。一时间，这走在时代尖端的、前卫的醉马画会，人人都有意见，你一言我一语地说得好热闹，有的攻击中国的婚姻制度，有的说女性被压抑了太久，已不懂得争取平等！有的说芊芊的娘意莲太柔弱，有的又说素卿宁愿做小妾，太不懂得尊重自己……反正，说了一大堆，却没有具体的办法，来帮助芊芊。于是，子默提议，全体驾了马车出游去，让芊芊散散心！这提议获得大家的附议，于是，一行八个人，全挤进那辆西式敞篷马车里，子默驾车，就出门去了。

他们离开了西湖区，来到一处名叫"云楼"的地方。这儿是一大片的竹林，中间有条石板路，蜿蜒上山。竹林茂密，深不见底，苍翠欲滴的竹叶，随风飘动，像是一片竹海，绿浪起伏。这个地方因为偏远，游人罕至，所以十分幽静。

就是在这里，他们遇到了那个怪老头。

怪老头是迎面出现的。远远地，他们先看到一个白影子，听到了一阵苍老的，嗓音却很浑厚的歌声：

问世间情为何物？

直教人生死相许，

看人间多少故事，

最销魂梅花三弄！

梅花一弄断人肠，

梅花二弄费思量，

梅花三弄风波起，

云烟深处水茫茫！

红尘自有痴情者，

莫笑痴情太痴狂！

若非一番寒彻骨，

哪得梅花扑鼻香！

歌声反复重复，就这样几句。大家听得蛮入神。竹林、小径、马车、歌声……颇有几分诗意。然后，马车下了一个坡，再上坡时，陡然间，那老头就杵在面前了。他穿着白褂白裤，白发白须，面貌清癯，有那么几分仙气。老头手里握着一个骆驼铃，背上背了一个卖杂货的竹篓。

"小心啊！"若鸿失声大叫，"老先生，让开让开！"

"子默，快勒住马呀，"钟舒奇叫，"你要撞上他了！"

"小心啊！小心啊……"众人一片尖叫。

就在这尖叫声中，马车从老头身边擦过去，老头摔倒了，竹篓中形形色色的杂物，也滚了一地。子默急忙勒住马，大家又喊又叫地跳下马来，奔过去扶老头。

"有没有摔着？有没有伤筋动骨？要不要擦药？"大家七嘴八舌地问，纷纷去搀扶老头。

那老头却无视众人，排开了大家的搀扶，他急急忙忙地趴在地上，去捡他散落了一地的东西，一边捡，一边哭丧着脸说：

"糟了糟了！我的明朝古镜，砸了砸了！描金花瓶，砸了砸了！香扇坠子、玛瑙珠子、宋朝古箫……"

原来是个卖古董的！大家看着他满地爬着捡东西，手脚灵活，知道没有撞伤他，就都松了一口气。然后，大家都弯下身子，帮着他捡东西，帮着他收拾，也安慰着他。

"你瞧！没砸没砸！"若鸿说，"香扇坠子、玛瑙珠子，都没砸没砸……"他忽然拾起了一样东西，好奇地细瞧着，"咦！一支簪子！用梅花镂花的簪子！好细致玲珑的东西！"

两个女孩子都跑过来细看。

"我从没看过梅花簪！"芊芊说，"我看过莲花簪、凤仙簪、孔雀簪……就没看过梅花簪！"她瞪视着若鸿手中的簪子，不知怎的，心底竟浮上一种异样的感觉。

"若鸿！"子璇也发出一声惊叹，"这簪子倒像你家的图腾！"

"是呀。"若鸿有一阵眩惑，心中像被什么隐形的力量给撞击了，"我姓梅，偏偏捡起一支梅花簪！可惜这簪不是红色的，否则，就应了我的名字了！梅若鸿，梅若红嘛！"

"这支梅花簪啊，可大有来历了！"老头站起身子，看看簪子，看看众人，"它是前清某个亲王府里的东西，据传说，福晋那年生了个小格格，因为没有子嗣，生怕失宠，就演出一出偷龙转凤的骗局，把小格格送出王府，换来一位假贝勒。福晋生怕小格格一出王府，永无再见之日，就用这支梅花簪，在小格格肩上，留下了一个烙印，作为日后相认的证据。这位格格后来流落江湖，成为卖唱女子。假贝勒却飞黄腾达，被选为驸马，没想到，上苍有意捉弄，竟让这位真格格和假贝勒相遇相恋。从此，两人的命运像一把锁，牢牢锁住，竟再也分不开来！"

"是吗？"若鸿好奇地问，"你是说，这梅花簪有关一位小格格的身世之谜，还有段凄美的爱情故事？"

"是啊！"

"是悲剧还是喜剧呢？"子默问，"那小格格和假贝勒，有情人终成眷属了吗？"

"这个故事，传说纷纭，有人说，假贝勒在身世拆穿之后，就被送上了断头台，小格格就当场殉了情！也有人说，假贝勒临上断头台，被皇上特赦，但格格已经香消玉殒，贝勒就此出了家。还有一说，格格与贝勒，皆为狐仙转世为人，到人间来彼此还债，贝勒被处死之后，格格殉情，两人化为一对白狐，奔入山林里去了！"

"啊！"若鸿有些怔忡，"我喜欢最后一说！最起码，这段爱情没有因死亡而结束！"

"像梁山伯与祝英台，死后幻化为一对蝴蝶！"子默说，

"中国人喜欢在悲剧后面，留一点喜剧的尾巴！"

"这支梅花簪，"芊芊有些着迷地问，"真的就是用来烙印的梅花簪吗？"

"你们大家回去找一找，"子璇笑着说，"谁身上有梅花形的胎记，说不定就是小格格投胎转世！"

"我不相信前世今生，"沈致文说，"这一辈子已经够累了，活好几辈子还受得了！"

"我就希望有前世今生！"叶鸣又要抬杠了，"这样子，今生未了的希望，来生可以再续，希望永在人间！"

就这样，大家你一言我一语，又热烈地讨论起"前世今生"来。若鸿握着那簪子，忽然间心潮澎湃，生出一份强烈的"占有欲"来。

"喂！老伯，这支簪子，你要多少钱？我跟你买了！"

老头看看簪子，看看若鸿。

"你买不起！"

"你出个价，我要定了这支梅花簪！"若鸿急了，非要不可，"你说个价钱，咱们大家凑钱给你！"他又去看子默："你帮我先垫，我将来再还你！"

老头再深深地看了若鸿一眼。

"你说你姓梅啊？"

"是啊，这支簪子，跟我有缘嘛！"

老头收拾好他的背篓，背上了肩：

"既然你说有缘，这簪子，就给了你吧！"他潇洒地说，"钱，不用了，天地万物，本就是有缘则聚，无缘则散！这簪子，今天是自己找主人了！好了，我们大家，也散了散了！"

老头说着，背着背篓，迈开大步，说走就走。嘴里，又唱起他那首梅花这样、梅花那样的歌来。若鸿还想追他，他却走得飞快，转眼间，就只剩了个小白点。大家怔怔地望着他的背影，都出起神来。

"这个老人不简单，"钟舒奇说，"我看他一肚子典故，谈吐不凡，倒像个江湖隐士！"

"确实如此！"子默点头，"这江湖之中，大有奇人在！"他掉转头，看着那拿着簪子出神的若鸿，忍不住敲了他一记，问："你这样死乞白赖地跟人家要了梅花簪，你有什么用处呢？"

若鸿大梦初醒般。

"是啊！我一个大男人，要一支发簪做什么？我就是被那个故事迷惑了嘛！"他抬起头来，看看子璇，又看看芊芊，再看看子璇，再看看芊芊，眼光就在两个女孩脸上转来转去，"这是女人用的东西，我看我把它转送给在座的女性吧！"

他的眼光又在子璇和芊芊脸上转，犹豫不决。

子璇深刻地回视着他。

芊芊热烈地凝视着他。

"哈！"若鸿笑了起来，自我解释地说，"子璇太现代化了，用不着这么古典的发簪，所以，给了芊芊吧！"

说着，他就走到芊芊面前，把簪子郑重地递给了她。

"你……把它送给我？"芊芊又惊又喜。

"是啊！"若鸿说，"以后你心烦的时候，看看簪子，想想我们大伙儿，想想说故事的老头，想想故事里那个苦命的格格，想想那个梅花烙印……你就会发现，自己也挺幸福的！至于你爹娶姨太太的事，不就变得很渺小了吗？"

"是呀！是呀！说得对呀！"大家都喊着。

芊芊握紧了簪子，深深地注视着若鸿。一阵喜悦的波涛，从内心深处，油然涌出，把她整个人都吞噬了。她紧紧地、紧紧地握着这簪子，她像握住的，是她自己的命运。这是他的图腾，他却把它送给了她！

她抬眼看竹林，看小径，看青山翠谷，觉得整个山谷，都为她奏起乐来，喜悦的音符，敲动了她每一根心弦！

第六章

　　芊芊就这样，陷进了一份强烈的、义无反顾的、椎心泣血般的爱情里去了。她无法解释自己的感觉，也无法分析自己的思想。她只是朝朝暮暮，握着那支梅花簪，疯狂般地念叨他的名字：梅若鸿！梅若鸿！梅若鸿！梅若鸿……每念一次，眼前心底，就闪过他的音容笑貌，狂放不羁的梅若鸿、天才洋溢的梅若鸿、稚气未除的梅若鸿、幽默风趣的梅若鸿、热情奔放的梅若鸿、旁若无人的梅若鸿、充满自信的梅若鸿、充满傲气的梅若鸿、疯疯癫癫的梅若鸿、喜怒无常的梅若鸿！她脑中的每个思绪里都是梅若鸿，眼中看出去的每个影像都是梅若鸿。过去十九年的回忆都变成空白，存在的只有最近一个多月的点点滴滴，因为每个点滴中都是梅若鸿！

　　梅若鸿的感觉，和芊芊并不一样。瑟缩在他的水云间里，他不敢去想芊芊，因为每想一次，就会带来全心的痛楚。那么美好的杜芊芊，是他不敢碰触、不敢占有、不敢觊觎，也不敢亵渎的！自从知道子默爱着芊芊之后，他更不敢想芊芊了。在他心目中，世上最完美的男人是子默，最完美的女人是芊芊。君子有成人之美，芊芊既不能属于梅若鸿，就该属于汪子默！或者，老天要他认识芊芊，就是要借他作个桥梁吧！但是，他为什么那么心痛呢？为什么抛不开又丢不下呢？芊芊！他真的不要想芊芊！抓起一支画笔，他对着窗外的水与天，开始画画，画水、画天。糟糕，水天之中，怎会有个大眼睛、长辫子的少女呢？丢下画笔，他对自己生气，气得一塌糊涂。

就在他左也不是，右也不是，把最后一张画纸也画坏了，最后一点儿洋红也用光了之后，芊芊来了。

"若鸿，你瞧，我带什么东西来了？"

她双手满满都是东西，高高地遮住了她的脸庞，走到桌边，她的手一松，大卷小卷的东西全落到桌面，露出了她那闪耀着阳光的脸庞。

"画纸？"若鸿检点桌上的东西，不可思议地说，"西画水彩纸？国画宣纸？还有画绢？颜料、炭笔、画笔……你要我开文具店吗？"

"还有呢！"她抓起一个大袋子，"这里面是吃的，有菜有肉有鸡翅膀，等会儿把它卤起来！"

他的心飞向她去，芊芊啊，你让人太感动了！但是，他的脸色却和心事相反，就那么快地变阴暗了。

"若鸿，你听我说！"她奔上前来，热情地抓住了他的双手，她眼中绽放着光彩，不害羞地、不瑟缩地、不顾忌地，也不隐瞒地喊了出来，"这一次，和上次送咯咯咯不一样！上次你说我是外国人，所以你不接受我的好意，可是，现在，我已经被你'同化'了，被你'征服'了，事实上，"她大大地喘口气，眼珠更亮了，"我已经弃城卸甲，被你'统治'了，我不再有自己的国土，也不再是自我的国王，我愿意把我的一切，和你分享！你不可以拒绝我，也不可以逃避我！因为我和你是一国的人了！当你把那个梅花簪交到我手里的时候，你就承认了我的国籍了！你再也不可以把我排除到你的世界以外去了！"

他瞪视着她，在她那黑黑的瞳仁里，看到了两张自己的脸孔，两张都一样震动、一样惊愕、一样惶恐、一样狼狈，也一样"弃城卸甲"了！

"芊芊！"他热烈地轻喊了一声，双手用力一拉，她就滚进了他怀里。他无法抗拒，无法招架，无法思想……他的头俯了下来，他的唇热烈地压在她的唇上了。

她双手环抱住了他的脖子，她那温热的唇，紧紧贴着他的。她的心狂跳着，他的心也狂跳着。他们在彼此唇与唇的接触中，感应到了彼此的心跳，和彼此那强烈奔放的热情。此时此刻，水也不见了，云也不见了，水云间也不见了。天地万物，皆化为虚无。

片刻，他忽然推开了她。重重地甩了一下头，他醒了，心中，像有根无形的绳子紧抽了一下，他倏然后退。

"芊芊！"他哑声地说，"不行！我不能这样……别招惹我！你逃吧！快逃吧！我是有毒的！是个危险人物，我不要害你！我不要害你！"

"请你害我吧！"芊芊热烈地喊，"就算你是毒蛇猛兽，我也无可奈何，因为我已经中毒了！"

"不不不！"他更快地后退，害怕地、恐慌地看着她，"如果我放任自己去拥有你，我就太恶劣了。因为你对我一无所知，你不知道我的出身来历，不知道我的家世背景，不知道我一切的一切，你只知道这个水云间的我……我不够好，配不上你……"

"为什么你总是要这样说呢？你的出身是强盗窝？是土匪窝？是什么呢？"

"不是强盗，不是土匪，只是农民，我父母都不识字，靠帮别人种田为生，我家除了我以外，没有任何人受过教育……全家穷得叮叮当当。我十六岁离家，去北京念书，到现在已十年不曾回家，也未通音讯……你瞧，我这么平凡渺小，拿什么来和富可敌国的杜家相提并论！"

"我不在乎！"她喊着，"我真的不在乎！不要再用贫富这种老问题来分开我们吧！"她又扑上前去拉他的手。

"你不在乎，我在乎！"他用力甩开了她的手，好像她手上有牙齿，咬到了他，"你饶了我吧！好不好？你每来一次，我的自卑感就发作一次。你看看我，这样一个贫无立锥的人，怎样给你未来？怎样给你保证？我什么都做不到！"

"我知道了！"她张大眼睛，"你不想被人拴住，你要自由，你要无拘无束，你不想对任何人负责任……"

"你知道就好！"他苦恼地喊，"那么，你还不走？"

"你一次一次赶我走，但是，你从不赶子璇！或者，子璇才是你真正爱的人！"

他掉头去看天空，不看她，不回答。

"因为子璇有丈夫，你们在一起玩，没有负担，你不必为她负责，她也不会束缚你，是不是？是不是？"

"或者吧。"他迅速地武装了自己，冷冷地说，"你要这么说也无妨！"

"但是，"她提高了声音，"你把梅花簪给了我！你在两个女人中作了选择，你把你的图腾给了我！"

"那根本毫无意义，你懂吗？"他大叫了起来，眼神狞恶地、冒着火地、凶暴地盯着她，"送你一个簪子，那只是个游戏，根本不能代表任何事情！你别把你的梦，胡乱地扣到我的头上来！难道你不明白，我一点也不想招惹你！"

"可是你已经招惹我了！"芊芊的泪，终于被逼出来了，"那天在望山桥上，你死拖活拉，要我去烟雨楼，那时你就招惹了我！接下来每天每天，你都在招惹我，当你把梅花簪送给我的时候，你更是百分之百地招惹了我！而现在，你居然敢说，你不想招惹我！"

"好好好，算我招惹了你，那也只是我的虚荣心在作祟！因为你是个美丽的女孩子，我的'招惹'，只是男人劣根性中的本能！根本不能代表什么！"

"原来如此！"她气得脸色青一阵白一阵，重重地呼吸着，"那么，你刚刚吻住我，也是你的劣根性作祟？"

"不错！"他大声说。

"你……你……"她被打倒了，身子倒退往门边去，含泪的眸子仍然不信任地瞅着他，"你为什么要这么残忍地对待我？你不知道我已经抛开自尊心，捧出我全部的热情……"

"如果你有这么多的热情，无处宣泄，去找子默吧！"他咬咬牙，尖锐地说。

她的脚步踉跄了一下，身子重重地撞上了门框，她盯着他，死死地盯着他，脸色苍白如纸。

"他条件好，有钱有名有才气有地位。"他继续说，语气急促而高亢，"他对你，又已经倾慕在心，他能给你所有我给不起的东西！你如果够聪明，放开我，去抓住他！他才是你的白马王子，我不是！"

"好，好，好！"她抽着气，昂起下巴，恨极地说，"这是你说的！希望你不会后悔！我恨你！恨你！恨你！恨你……"

她一连串喊出好多个"恨你"，然后，一掉头，她夺门而出，飞奔而去。

他震动地、痛楚地拔脚欲追，追到门口，他的身子滑落了下来，跌坐在门口的门槛上。

"芊芊！"他把手指插入头发，死命地扯着头发，低声自语着，"不能害你，不能害你……因为爱你太深呀！我已经给不起婚姻，给不起幸福，我害过翠屏，不能……再害你了。"

翠屏，这个名字从他心口痛楚地碾过去，一个久远以前的名字，一个早已失落的名字，一个属于前生的名字，一个好遥远好遥远的名字……瞧，芊芊的出现，把他所有隐藏得好好的"罪恶感",全都挖出来了!

接下来的日子,芊芊和子默成双入对了。

西湖,原来就是个浪漫的地方,是个情人们谈恋爱的地方,是个年轻人筑梦的地方,是个熏人欲醉的地方……子默就这样醉倒在西湖的云烟苍茫里,醉倒在芊芊那轻灵如梦的眼神里,尝到了这一生的第一次——"坠入情网"的滋味。

一时间,画船载酒,平波泛舟。宝马车轮,碾碎落花。百卉争妍,蝶乱蜂喧……西湖的春天,美好得如诗如画。子默和芊芊,就在这个春天里,踏遍了西湖的每个角落:苏堤春晓、柳浪闻莺、三潭印月、九溪烟树……

五月里,整个醉马画会已传得沸沸扬扬。沈致文和陆秀山两个,气冲冲地说:还来不及出招,就莫名其妙地败了!大骂子默不够江湖义气。叶鸣和钟舒奇,摆明了是追子璇的,此时隔岸观火,幸灾乐祸,把沈致文和陆秀山大大调侃了一番。子璇眉开眼笑,真正是乐在心头。梅若鸿的感觉最复杂,酸甜苦辣,百味杂陈,简直不知该如何自处,当大家又笑又闹又起哄时,唯独他最沉默。子璇爽朗地笑着,嚷着说:

"好了!好了!我看啊,芊芊搅乱的这一湖水,终于平静下来啦!不过,"她看着若鸿,笑着问,"你怎么不讲话,难道在闹'失恋'吗?"

若鸿一惊。芊芊忍不住去看若鸿,两人目光一接,就又都迅速地转了开去。

"在这世界上,有人'得意',总有人'失意'!"若鸿苦涩地一笑，半真半假地说，"冠盖满京华，斯人独憔悴！"

子璇大笑了起来，一面笑，一面敲着若鸿的肩说：

"少来了！给你一根杆子，你就顺着往上爬！还'斯人独憔悴'呢！君不见，今日醉马画会，'人人皆憔悴'，'个个都寂寞'吗？"

子璇此话一出，大家叫嚷得更厉害了。叹气声，跌脚声此起彼落。最后，闹得子默摆酒请客才了事。

那夜，子默在烟雨楼靠湖的那间水心阁里，摆了一桌非常丰盛的酒席，实践当初"赢了的人，要请大家喝酒"的诺言，芊芊也参加了。酒席刚摆好，又来了个意外的客人，那人竟是谷玉农！他带着一脸的憔悴和祈谅，低声下气地对大家说：

"这样的聚会，让我也参加，好不好？给我一个忏悔的机会，让我了解你们，好不好？"

自从大闹烟雨楼，害醉马画会的会员集体入狱以后，这谷玉农隔几天就来一趟烟雨楼，又道歉又求饶，希望能重新获得美人心。子璇对他，是几百个无可奈何。众人对他，全没好脸色。但他这回改变了策略，一切逆来顺受，不吵不闹，这样的低姿态，使子默也没了辙。其实，这谷玉农也不是"恶人"，更非"坏人"，他只是不了解子璇，又爱子璇爱得发疯，才弄得自己这样做也不对，那样做也不对。

结果，这晚的宴会，各有各的心事，各有各的状况，大家都酒到杯干，没一会儿就都醉了。正像沈致文说的：

"今天完全不是'酒逢知己千杯少'，而是'几家欢乐几家愁'！"

真的！若鸿一直闷着头喝酒，把自己喝得醉醺醺。芊芊心事重重，只要有人跟她闹酒，她就"干杯"，害得子默抢着去拦酒，抢着去干杯，喝得脸红脖子粗。沈致文和陆秀山是"失意人"，自然"失意"极了。这钟舒奇和叶鸣，看到谷玉农加入，就都"不是滋味"。而谷玉农，见子璇对别人都欢欢喜喜，唯独对自己就没好脸色，心情更是跌落谷底。

这样的酒席，还没有吃到一半，大家已经东倒西歪，醉态百出，醉言醉语，全体出笼。但是，那夜的宴会，却有一项"意料之外"的收获。

原来，当大家都已半醉的时候，钟舒奇忽然满斟了一杯酒，走到谷玉农面前，诚挚已极地说：

"玉农，我代表全体醉马画会的会员，敬你一杯，我先干了！"他一口喝干了杯子，更诚恳地说，"这些年来，大家对你诸多的不友善，是我们不对！对不起！"

"怎么，怎么……"谷玉农太意外，竟结舌起来。

"玉农！"钟舒奇继续说，"看在我们大家的分上，请你'高抬贵手'，放了子璇吧！"

谷玉农大惊失色，还来不及反应，子璇眼眶一热，眼泪就成串地滚落出来。芊芊见子璇哭了，就奔上前去，用双手拥着她，眼泪也扑簌簌地滚落。所有的人都震动了，顿时纷纷上前，纷纷对谷玉农敬酒。

"玉农，你就快刀斩乱麻，把这段不愉快的婚姻，斩了它吧！你还给子璇自由吧！"子默说。

"结束一个悲剧，等于开始一个喜剧呀！"若鸿说。

"长痛不如短痛，你们已经彼此折磨了四年，还不够吗？可以停止了！"叶鸣说。

"就凭你谷玉农这样的人才，还怕找不到红颜知己吗？为什么要认定子璇呢？"沈致文说。

"如果你肯放掉子璇，我们醉马画会就交了你这个朋友！"陆秀山豪气干云地说，"从此欢迎你，和你结成'生死之交'！"

"对！对！对！"众人齐声大吼。

谷玉农四面张望，看到一张张诚挚的、请求的脸孔，再看到哭得稀里哗啦的子璇和芊芊，他的心都冷了、死了。他激动起来，情难自已：

"子璇，你说一句话！我现在要你一句话！你非跟我离婚不可，是不是？"

子璇掉着泪，哀恳地看着谷玉农。

"玉农，不是你不好，是我不好……你就让我去过我自己的日子吧！"

谷玉农再环视众人，喟然长叹：

"好好好，看样子你们要剔除我的念头，简直是'万众一心'！算了算了，子璇，我就成全了你吧！"他抬头大声地喊，"趁我的酒还没有醒，还不快把纸笔拿来呀！等我的酒醒了，再要我签这个字，可就比登天还难了！"

大家都惊喜交集，不相信地彼此互视。然后，好几个人同时奔跑，拿纸的拿纸，拿笔的拿笔，拿砚台的拿砚台，磨墨的磨墨……子璇怔怔地站在那儿，一脸做梦般的表情。谷玉农提起笔来，就一挥而就：

"谷玉农与汪子璇，兹因个性不合，无法继续共同生活，彼此协议离婚，从此男婚女嫁，各不相涉！"

他在证书下面，郑重地签下自己的名字，把笔递给子璇，子璇也签了字，然后，参与宴会的其他七个人都签名作为见证。等到字都签完了，子璇忽然就奔上前去，拥住谷玉农，感激涕零地说：

"谢谢你！谢谢你这样心平气和地成全了我，放我自由，我说不出有多感激！玉农，我答应你，做不成天长地久的夫妻，我要和你做天长地久的朋友！"

说完，她情绪那么激动，竟在他面颊上印了个吻。

谷玉农震动极了，带着醉意，他喃喃地说：

"结婚四年来，第一次看到你对我这么好……早知道这样，我早就该签字离婚了！"

"谷玉农万岁！"叶鸣举手狂呼。一时间，众人回应，大家的手都举起来了，都高呼着："谷玉农万岁！"

谷玉农站在那儿，忽然间觉得自己做了件好"伟大"的事，竟飘飘欲仙起来了。

谷玉农和子璇的婚姻关系，就在这次宴会中结束了。子璇像飞出牢笼的鸟，说不出有多么快活。而谷玉农，在以后许多日子里，都怀疑这次"杯酒释夫权"是不是自己中了计？但是，子璇很守信用，从此，他在醉马画会中，从"不受欢迎的人物"，转变成"受欢迎的人物"，他也就接受了这个事实。而且，萌生出一种新的希望来：只要男未婚，女未嫁，他可以继续追求她呀！说不定，子璇兜了一个大圈子，还回到他怀里来呢？

第七章

　　那晚，宴会结束的时候，夜色已深，是子默把芊芊送回家的。芊芊已脚步蹒跚，醉态可掬。

　　杜世全和意莲在客厅中等待着芊芊。见到芊芊发鬓已乱，满面潮红，眼角唇边，全漾着酒意，杜世全已经火冒三丈，碍着子默在场，强抑着怒气。意莲又着急又担心，不住看看世全，又看看子默和芊芊，就怕杜世全会当着子默的面发作起来。子默倒是大大方方、彬彬有礼的。虽然也喝了过多的酒，但他对杜世全和意莲仍然执礼甚恭，而且是不亢不卑的：

　　"杜伯伯、杜伯母，对不起，这么晚才把芊芊送回来。因为画会中有聚餐，大家都好喜欢芊芊，实在不舍得让她早回家。请你们千万不要责备芊芊，如果要怪罪，就怪罪我吧，是我设想得不够周到。"他凝视着杜世全，微微一弯腰，坦率地再说了几句，"最近，我和芊芊常常在一起，真佩服你们教养了这么好的一个女儿！改天，我会正式拜访！不打扰你们了!"

子默行了礼,转身就走了。

杜世全怒瞪着芊芊,眼中冒着火。芊芊一看情况不妙,只想溜之大吉。才举步上楼,杜世全就吼着说:

"你给我站住!"

芊芊只好站住,被动地看着杜世全。

"你说说,你最近到底在做些什么?"

她张了张嘴。她想说:我爱上了一个男孩子,他的名字叫梅若鸿,可是他不要我,反而把我推给汪子默,所以,我的人和汪子默在一起,我的心想着梅若鸿。我已经掉入油锅里,快被煎透了,快被烤焦了,快被炸得粉身碎骨了……她当然无法说出这些话。咬咬嘴唇,她心中绞痛了起来,眼中就迅速地充泪了,一句话还没有说,泪珠已夺眶而出。

"好了好了,"意莲急忙拦过来,用手搂着芊芊,对世全哀求似的说,"你就不要再说她了嘛!"

"我说她了吗?"杜世全又惊又怒,"我一句话都没说,她就开始掉眼泪!"他瞪着芊芊:"杭州小得很,他们醉马画会又很有名,全是些放浪形骸、不务正业的疯子!你要学画,我没有理由不许,你如果想嫁给汪子默,我告诉你,门儿都没有!从今以后,你也不要再跟这些声名狼藉的艺术家鬼混了,免得弄得身败名裂!你还没许人家呢,这个样子,还有哪个好人家会要你?"

"世全,少说两句吧!"意莲拉着芊芊,就把她拖上楼去,一边走一边低低叽咕,"汪子默好歹也是个知名画家,年轻有为，家世也不错，长相也蛮讨人喜欢……干吗发那么大脾气呢？"

意莲一边说着，已拖着芊芊上了楼。走进芊芊的卧室，意莲就忙忙地把房门一关，对芊芊急切而安慰地说：

"你不要急，你不要怕，快告诉娘，你是不是真的喜欢了汪子默？你尽管告诉我，我会跟你爹去争取的！"

"娘啊！"芊芊大喊了一声，就一把抱住了意莲，一任自己的泪水疯狂般滚落，她无助地、惶恐地、悲切地嚷了出来，"不是汪子默，是梅若鸿啊！"

"梅若鸿？"意莲大吃一惊，见芊芊哭得如此悲切，吓得六神无主了，"谁是梅若鸿？他欺负了你吗？他占了你的便宜吗？他是什么人？"

"他根本不屑欺负我，不屑于占我便宜，他不要我，他眼中根本没有我啊！"

意莲怔怔地站着，听不懂，也搞不清楚，整个人都傻了。

宴会后的第三天，是醉马画会聚会的日子。芊芊没有出现，她家的管家永贵，送了一封信过来。信封上写的是："醉马画会全体会员收"。大家面面相觑，不知道发生了什么事，子璇急忙抽出信笺来，朗诵给大家听：

"子璇、舒奇、致文、秀山、叶鸣、子默、若鸿，你们好！当你们收到这封信时，我已经离开杭州，去上海了。我将在我爹的公司里，学习有关航运的事情，暂时不会回杭州了。你们一定不能理解我为什么会突然不告而别，我一时也很难跟大家说清楚我的原因。总之，太复杂了，剪不断，理还乱！"

大家都一脸困惑，一脸沉重。子默皱紧了眉头，若鸿死死咬着自己的嘴唇。子璇看了看大家，又继续念：

"仔细思量，愁肠百结。只好抛下一切，离开一阵。也许一段时日后，再面对各位，已是云淡风轻，了无挂碍……我亲爱的好朋友们！我在这里诚心祝福你们在人生的旅途上，都可以追寻到你们所要追寻的！芊芊，五月十日于灯下。"

大家你看我，我看你，全都迷糊了。只有若鸿，眼光落在窗外遥远的地方，内心思潮澎湃，激动而怆恻。子默脸色发青，眼神阴郁。

"怎么会这样？"他大惑不解地问，"什么剪不断，理还乱？什么云淡风轻，了无挂碍？简直像打哑谜嘛！"他抢过信来，"让我再看一遍！"

"子默，"陆秀山说，"是不是你那晚送芊芊回家，让她爹娘有了某种看法……"

"对了！"叶鸣接口，"她那个家庭，肯定对搞艺术的人有成见，所以，就把芊芊押到上海去了。"

叶鸣这样一说，大家都认同了。立刻，大家讨论着各种可能性，也分析着各种可能性，都猜测芊芊是"被迫"走的。子默把信来来回回看了五六次，脸色一次比一次凝重。最后，他长叹了一声，说：

"她这封信，短短数字，欲语还休！她不是被迫走的，她是自愿放逐的！也许，我认识芊芊还不够深，我不曾深刻地了解她，不曾进入她内心深处……也许，她要给自己一段思考的时间……这表示她并没有完全接受我！否则，她至少可以给我一封私人的信，写得清楚一点！"

"哥，不要泄气！"子璇热烈地说，"芊芊或者是被我吓住了，对婚姻大事，有些迷惑。家庭的阻力一定也同时存在，她毕竟只有十九岁，穷于应付，就暂时一走了之。好在，上海又不远，坐它一夜火车就到了。看你艺专教的课能不能找人代教，或者，等放暑假之后，你可以去上海找她呀！至于目前，你只好多写写信，发动情书攻势，我相信，真情可动天地！芊芊，她想明白了，就会回来的！"

"是啊！"钟舒奇拍拍子默的肩，"我从没有看到你被任何事情难倒，这件事你一定会成功的！"

"何况，"沈致文说，"还有我们这么多的好友，在支持你！"

梅若鸿不言不语，仍然注视着窗外的云烟深处。那云烟深处，是茫茫的水，茫茫的天。

一连好些日子，梅若鸿神思恍惚。他不眠不休地画着画，背着画架跑遍了整个西湖区。每夜每夜，他不能睡，点着灯，他从黑夜画到天明。几日下来，他已经把自己弄得满面于思，形容憔悴。

这夜，他筋疲力尽，趴卧在床上，他一点力气都没有了，闭上眼睛，他昏昏沉沉地睡去了。

睡梦中，他觉得有一双女性的手，缠绕着自己的脖子，有两片女性的嘴唇，温润地轻触着自己的额。他一惊，醒了，转过身子，他看到子璇笑吟吟的、情思缠绵的脸。

"怎么把自己弄成这副样子？"她温柔地问，怜惜地用手揉揉他凌乱的头发，"我把你散了一地的画，都收拾好了！你需要这样没命地画吗？你知道吗？你把自己都画老了！"

"别理我！"若鸿有气无力地说，"让我自生自灭吧！"

"怎么了？在生气啊？"

"嗯。"

"跟谁生气啊？"

"跟我自己生气！"他转开头去，"我这个人，莫名其妙、糊里糊涂、自命潇洒、用情不专、一无是处，简直是个千年祸害，我烦死我自己了！"

"嗬！"她笑了，"你还真会用成语啊，四个字四个字接得挺溜的！"她低头凝视他，长睫毛扇啊扇的，一对妩媚的眸子里，盛满了醉人的、醇酒般的温柔："你也知道你是个千年祸害呀？被你祸害的人还不少呢，是不是呀？"

"我……"他愣着。

"你到杭州来之前，祸害了谁，我管不着，到杭州之后，你一直在祸害我……"

"子璇！"他惊叫，从床上坐起身子，真的醒了。

"把你吓住了？"她笑着问，"别紧张，跟你开玩笑的！离婚是我自己的事，我早就要离婚了！我绝不会把离婚的责任归给任何人！"她眼波流转，风情万种："我知道，没有一个女人能留住你，也没有一个女人能拴住你。你这样自由自在，无拘无束，正是我向往的境界呀！现在的我，好不容易解脱了、自由了，这种感觉太好了！我这才深深体会出你的境界！哦，若鸿，让两个崇尚自由的灵魂，一起飞翔吧，好不好？好不好？"她俯下头去，将嘴唇贴在他额上，再贴在他眉尖，再贴在他眼皮上，再贴在脸颊上，再贴在他鼻尖……她的呼吸热热地吹在他脸上，她那女性的、温软的胴体，贴着他的肌肤。那强大的诱惑力，使他全身发热，每根神经，都紧绷起来。

"不！不！"他挣扎着，"子璇，躲开我，躲开我……"

"我不要躲开你，我这么喜欢你，怎能躲开你呢？你早就知道，我对你用情已深了。如今再无顾忌，我已经没有丈夫了。让我们大胆地、尽情地去爱吧！让我们享受青春，尽情地活吧！"她继续吻他，面颊、耳垂、颈项……

"不要！子璇，"他情怀激荡，不能自已，"我只是个平凡的男人，现在的我，寂寞而又脆弱，寒冷而又孤独，你带着这么强大的热力卷过来，我……实在无法抗拒呀……"

"那么，就不要抗拒，只要接受！"

她说着，嘴唇已贴住了他的唇，像是一把熊熊的火，突然从他体内燃烧起来，迅速地蔓延到他的四肢百骸。他觉得自己已变成一团火球，再也没有思想的余地。他的双手，他的双脚，全成为火舌，无法控制，就这样把她盘卷吞噬了起来。

他们相拥着，滚进了床内。

第八章

六月，天气骤然地热了。芊芊离开杭州，已经足足一个月了。

一清早，若鸿就背着画架，上了玉皇山。一整天，他晒着大太阳，挥汗如雨地画着画。画得不顺手，就去爬山。爬到玉皇山的山顶，他眺望西湖，心中忽然涌上一阵强大的哀愁和强大的犯罪感。

"梅若鸿！"他对自己说，"你到底在做些什么？既不能忘情于芊芊，又不能绝情于子璇，还有前世的债未了，今生的债未还，梅若鸿，你不如掉到西湖里去淹死算了！要不然，从山顶上摔下去摔死也可以！"

他没有掉进西湖，也没有摔下山去，更没有画好一张画。黄昏时分，他下了山，带着一身的疲惫与颓唐，他推开水云间虚掩的房门，垂头丧气地走了进去。立刻，他大大一震，手中的画板画纸，全掉到地上去了。

窗边，芊芊正亭亭玉立地站在那儿，披着一肩长发，穿着件紫色碎花的薄纱衣裙。一对盈盈然的眸子，炯炯发光地看着若鸿，嘴里透着一股坚决的意志。

　　"芊芊！"他不能呼吸了，不能喘气了，"怎么是你？你从上海回来了！我……简直不能相信啊！"

　　"是的，我来了！"芊芊直视着他，"我从上海回家，只休息了几分钟，就直奔水云间而来！你的房门开着，我就站在这儿等你，已经等了好一会儿了！"

　　"我不明白，我不懂……"他困惑地，惊喜交集，语无伦次，"你不生我的气？你还肯走进水云间……"

　　"我曾经发过誓，我再也不要走进水云间！"她打断了他，接口说，"但是，我又来了！因为，这一个多月以来，我在上海，不论是在街上、办公厅、外滩、桥上，或是灯红酒绿的宴会里，我日日夜夜，想的就是你！我思前想后，把我们从认识，到吵架，细细想过，越想我就越明白了！我不能逃，逃到上海有什么用？假若我身上、心上，都刻着梅花的烙印，那么，我怎样也逃不开那'梅字记号'了！"

　　"梅花的烙印？"他怔忡地、迷惑地问。

　　"是啊！我们都听过'梅花烙'那个故事，以前的那个格格，身上有梅花的烙印，那是她的母亲为她烙上去的，为了这个烙印，她付出了终身的幸福！而我的烙印，是我自己烙上去的，为了这个烙印，我也愿意付出我的终身幸福！"

　　"烙印？"他呆呆地重复着这两个字，"烙印？"

　　"每次看你为子璇作画，我充满了羡慕，充满了嫉妒！现在，我来了！我不想让子璇专美于前，所以……"

她停止了叙述，盈盈而立。蓦然间，她用双手握着衣襟，将整件上衣一敞而开，用极其坚定、清脆的声音说：

"画我！"

若鸿震动地看过去，只见她肌肤胜雪，光滑细嫩。她上身还穿着件低胸内衣，在裸露的，左边胸部，竟赫然有一朵娇艳欲滴的红色梅花！

"芊芊，这是什么？"他吓住了，太震惊了，"谁在你胸口画的一朵红梅？"

"你看清楚！"她向他逼近了两步，那朵红梅离他只有几寸距离了，"这不是画上去的！这是上海一位著名的文身艺术家，为我刺上去的！"

"什么？"他哑声喊，瞪着那朵红梅，这才发现，那红梅确实是一针针刺出来的，刺在她那白白嫩嫩的肌肤上，触目惊心，"你……"他感到一阵天旋地转，头都晕了，眼睛都花了，"你居然敢这样做！你……你……"

"梅若鸿，"她一字字地念，语声铿然，"梅是你的姓，鸿与红同音，暗嵌你的名字。我刻了你的姓名，在我的心口上，终生都洗不掉了！我要带着你的印记，一生一世！"她深吸了口气："现在，你还要赶我走吗？你还要命令我离开你吗？你还要把我推给子默吗？"

他瞪视着她，简直不知道自己还能说什么，还能做什么。他一动也不动地站着，一瞬也不瞬地看着她，似乎过了几世纪那么长久，他才听到自己的声音，从内心深处"绞"了出来：

"芊芊！你这么勇敢，用这么强烈震撼的方式，来向我宣誓你的爱，相形之下，我是多么渺小、畏缩和寒碜！如果我再要逃避，我还算人吗？芊芊，我不逃了！就算带给你的，可能是灾难和不幸，我也必须诚实地面对我自己和你——芊芊，我早已爱你千千万万年了！我愿意为你死！什么都不重要了，我愿意为你死去！"

"我不要你死去，只要你爱我！"她喊着，带着那朵红梅，投进了他的怀里。

他紧紧地、紧紧地、紧紧地拥着她。泪水，竟夺眶而出了。这是他成长以后，十年以来，第一次掉眼泪。

子璇在三天以后，才发现芊芊回来了。

是若鸿亲口告诉她的，在水云间外，西湖之畔，他们站在湖边。他以一种坚决的、诚挚的、不顾一切的神情，述说了他和芊芊的故事，述说了芊芊的归来，述说了芊芊的那朵红梅。子璇倾听着，眼珠漆黑迷蒙，脸色苍白如纸。她不愿相信这个，她不能相信这个，她不敢相信这个，她也不肯相信这个……但她在若鸿那样认真的陈述中，知道一切都是真的，一切都假不了！

"你拒绝了芊芊，然后芊芊去和我哥谈了一场假恋爱，然后你再和我好，用我填充芊芊留下的空白，是这样吗？"她尖刻地问，"是这样吗？"

"不！你不可以这样说！"他歉疚地、痛楚地说，"一切发展，都不在我们预料之中，就是这样发生了！子璇，我好抱歉……"

"别说抱歉！"她大声地打断他，激动得无法自持，"你们玩弄了我的感情，也就算了，反正汪子璇犯贱，自作孽，不可活！但是，为什么去欺骗我哥？你难道不明白，他是认死扣的，你们会要了他的命的！"她愤愤地一跺脚，耻辱的泪，就不争气地冲进眼眶中："梅若鸿，你是怎样一种魔鬼，你亲口说你不会追芊芊，你把我们兄妹全引入歧途……现在，你就这样轻松地来对我'告白'，你一点都不怕伤害我？"

他扯头发，敲脑袋，慌乱得手足失措。

"我怕。我怕极了！"他坦率地说，"我怕伤害你，也怕伤害子默，但是，我已别无选择！逼到最后，我只能'忠于自己的感情'了！"

"好一句'忠于自己的感情'！"她咬咬牙，从齿缝中进出了这句，她的眼光死死地盯着他，"现在你会说这句话，一开始的时候，你为什么要逃避？为什么把她推给子默？"

"因为我怕伤害芊芊呀！"他叫着说，"她那样完美、那样高贵……而我是这样放荡不羁、家无恒产，我又……我又……"他欲言又止，猛敲着自己的脑袋："我怕带给她灾难和不幸呀！"

"你现在就不怕带给她灾难和不幸了？"

"我还是怕！"他诚实地说，"但是，爱和怕比起来，爱比怕多，我愿意去试，去试着给她幸福……"

"好！很好！"她点点头，"芊芊纯洁，芊芊高贵，芊芊完美，芊芊还刻了你的印记出现……其他的人，全黯淡无光了！"她瞪着他，像瞪着一个来自外太空的怪物："你怕这个，你怕那个，忽然间，你又不怕这个，你又不怕那个……怎样解释对你有利，你就怎样解释！脸不红，气不喘！你是个怪物！你说得没错，你就是个千年祸害！是个自私、虚伪、没有责任感的千年祸害！"

喊完，她掉转头就飞奔着跑出那篱笆院。若鸿仍呆呆地站着，被她这几句"一针见血"的"指责"，刺得体无完肤，无法动弹了。

子璇一路哭着奔进了烟雨楼。她不想哭的，但是，她太激动了，太伤心了，太悲愤了，太羞辱了……她实在无法掩饰自己的情绪。这样一哭进烟雨楼，"一奇三怪"全吓傻了，奔过来围绕着她，东问西问。子默也被惊动了，跑到回廊里来抓住她：

"你怎么了？发生了什么事？"他急切地问。

"哥哥！"她痛喊出声了，"芊芊回来了！你还一点都不知道吗？她在她胸口的肌肤上，刺了一朵红梅回来！听清楚，是用针一针针刺出来的红梅花！你知道红梅的意义吗？红若梅，梅若鸿呀！"

子默震惊地瞪着子璇，脸色立刻变得惨白，但他还没听懂，没弄明白。钟舒奇已摇着子璇说：

"你亲眼看到的吗？你怎么知道？"

"梅若鸿告诉我的！他亲口对我说的！他说芊芊用这么强烈巨大的震撼来震醒他，所以，他醒了，他和芊芊相爱了，他们什么都不顾了！哥，你懂了吗？别再做傻瓜了！别再做梦了！"

说完，她甩开众人，奔进屋里去了。

子默站在那儿，脸色白得吓人。

"我不相信……"他喃喃地说，"我要去问芊芊，除非我亲眼看见，亲耳听见，我不能相信……"

子默立刻去了杜家，正好杜世全不在家，他顺利地约出了芊芊。驾着马车，他把车子直驰往郊区的一个树林里，一路上什么话都不说。芊芊一看他的脸色，就知道是怎么回事了，心中七上八下，什么话都不敢说。

到了树林里，子默停住马车。四野寂无人影，只有蝉声，此起彼落地在树梢喧嚣着。

"好了！"子默阴沉地、冷冷地说，"你可以告诉我了，这一切到底是怎么回事？"

芊芊无助地、哀恳地看着子默，眼中盛满了歉疚和祈谅，她的声音低低地、害怕地：

"对不起，请你原谅我！我去上海……因为我不能再骗你，也不能再骗自己了……"

"我不懂！"他瞅着她，越看就越激动，越看就越悲愤，"你说的什么鬼话，我一个字都听不懂！"他伸出手去，一把扯住了她的衣襟："你给我看看，你让我见识见识，什么刺青，什么红梅……也许看到了，我就明白了……"说着，他用力一扯，唰的一声，她左襟的衣服被扯开了。芊芊慌忙用双手护着胸口，哭着喊：

"子默！你怎么可以这样……"

"让我看呀！"子默的脸色，由苍白而涨红，目眦尽裂。他伸出手去拉她遮在胸前的手："我要看看你到底有多么强烈的感情，有多么深刻的爱！让我看啊，你怕什么？你一针一针刺在身上，不就是要向世人宣告你伟大的爱情吗？你又何必再遮遮掩掩呢……"

"好！"芊芊挣扎不开，就豁出去了，"你要看，就给你看！"她拉开衣襟，露出了红梅。

子默瞪着那雪白肌肤上殷红如血的梅花。像一个焦雷在他眼前蓦地炸开，炸得他四分五裂了。

"果然是一朵红梅！"他讷讷地说，"怎会有个女子，愿在自己身上，刺一朵红梅……"他不相信地抬眼看她的脸："原来，你爱他有这么深，这么深了……"

"子默，"她流着泪，哀恳地瞅着他，"对不起，真的对不起。我知道你对我用情已深，我几次三番要对你说明实情，却话到嘴边又说不出口。但是，我现在想清楚了，我再不悬崖勒马不行了！趁着大家还没掉到谷底以前，赶快把真相告诉你……这样，总比大家都摔得粉身碎骨，来得轻微多了，是不是？"

子默掉开眼光，不再看芊芊，而看着茂林深处，眼中，透着一股冷幽幽的寒气。尽管是六月天，芊芊却被这样的眼光，弄得全身冰冷，寒气透骨。

"你认为我还在崖上吗？"他冷幽幽地说，"你认为只要你'勒马'，就没有人摔跤了吗？太晚了！来不及了！我早就跌落谷底，已经粉身碎骨了！"

"来得及来得及！"芊芊哭着说，"请你原谅我！"

"原谅你？我永远也不会原谅你！就和我永远也不会原谅梅若鸿一样！"他抬头看天，轻声念了两句诗，"我本将心比明月，奈何明月照沟渠！"他跳上驾驶座，重重地一拉马缰："走吧！我送你回家，这是我最后一次，送你回家了！"

马蹄响起，马车向前滚滚而行。芊芊握着胸前的衣襟，真是愁肠百结，不知该如何自处了。

第九章

"红梅"的事件，并没有到此结束。

几天后的一个晚上，杜世全带着他的三姨太素卿去赴宴会，酒席未终了，他就气冲冲地回家了。

客厅里，小葳正缠着丫头春兰在下象棋，意莲在一旁观看。杜世全寒着脸，撞开门长驱直入。意莲被他的神色吓住了，跳起身子问：

"怎么了？你怎么提早回来了？"

"芊芊呢？"杜世全在叫着，"芊芊在哪儿？"

"在……在……"意莲吓得话都说不清楚了，"在她房间里呀！"

"好，很好！"

杜世全跨着好大的步子，乒乒乓乓地冲上楼去。意莲跟在后面追上去。素卿扭着身子，姗姗然地，从容不迫走在最后，脸上带个"看好戏"的神情。小葳、福嫂和丫头们，都面面相觑，不知道发生了什么大事。

芊芊正在房里，拿着那个梅花簪想心事。

房门砰然一声，被撞开了。杜世全冲了进去，啪的一声，就把一卷报纸，摔在芊芊脸上，嘴里恨恨地、愤怒地大声嚷着：

"你做的好事！我杜世全半生辛劳、一世英名，就这样叫你这个好女儿，一夕之间给毁了！你还要不要我出去做人？要不要我去和人家平起平坐谈生意？人家一句：你女儿真是一代奇女子啊！女中豪杰啊！新时代的新女性啊！就可以把我击倒了！你知不知道啊？"

芊芊急忙抓起那张报纸，一看，是一份文艺报，上面有个"艺文轶事"的专栏，用好大的标题，印着：

"千金之女为爱文身，红梅一朵刻骨铭心"

她大吃一惊，心慌意乱地去看那内容，报上竟把杜世全的名字、杜芊芊的名字、醉马画会和梅若鸿的名字，全登了出来。以"艺坛佳话"的口吻，略带讽刺地写"今日的新女性，标新立异已不稀奇，自由恋爱也不稀奇，一定要做一些惊世骇俗的事，才能证明自己的与众不同"。芊芊看着，不禁倒抽了一口冷气。意莲抢过报纸去看，不相信地、害怕地问：

"什么叫文身？什么叫红梅？"

"什么叫文身？什么叫红梅？我也不知道啊！"杜世全大吼着，"让你的女儿来说啊！"他一把抓起芊芊，疯狂般地摇撼着她："文身！我只有在洋鬼子水手身上，才看到那个东西！你去一趟上海，什么正经事都没学到，难道你竟然学会了文身？我不相信你堕落到这个地步了！你给我看，红梅在哪儿？在哪儿？"

芊芊被他摇得头昏脑涨。意莲急切地去抓杜世全的手：

"世全，你冷静一点，你听芊芊说呀！"她又去抓芊芊的手，"芊芊，快告诉你爹，这都是那些小报胡诌出来的，你绝不会去文身的，是不是？芊芊，快告诉你爹！你说呀！说呀！"

芊芊奋力挣脱了父母的手，她倒退了一步，抬着头，昂着下巴，她以一种无畏无惧的神情，一种不顾一切的坚决，勇敢地说：

"对！我已经在胸前刺上了梅若鸿的图腾，以表示我永无二心的坚贞！"

说着，她解开上衣，露出了那朵红梅。

"天啊！"意莲快要晕倒了，她脚步不稳地冲上前去，拉着芊芊的手，就想往浴室去，"赶快去洗掉它！"

"洗不掉了！"芊芊又往后一退，"它一针一针刺在我的皮肤里，终生都洗不掉了！"

杜世全瞪视着那朵红梅，气得快要发疯了。他一步一步走向芊芊，停在芊芊面前，他抬起眼睛，把视线从红梅上移到芊芊脸上。他不敢相信地看着芊芊，这个他深引以为傲的、才貌双全的女儿。他看了她好半晌，然后，他举起手来，狠狠地给了她一个耳光。

"我杜世全怎会有你这样一个胆大妄为、不顾廉耻的女儿！你以为这是新潮浪漫、美艳绝伦的事吗？这只是下流无耻、幼稚透顶的行为！你气死我了，你真的气死我了……"

他举起手来，又给了她一耳光。这一动手，就控制不住了，他劈头盖脸地对她打了过去："我真想打死你，打死你……"

"不要不要！"意莲痛哭起来了，一面哭着，一面去抱住杜世全的手，"我给她洗掉！我用刷子刷，用药草泡，用皂荚来刮……"

"你这个笨女人！"杜世全把意莲重重一推，"什么叫刺青，你不懂吗？古代只有犯重罪的人，才刺上这个，因为终生都洗不掉！"他指着芊芊："她却把这罪恶的标记，刺在自己身上！"他再指着意莲："你是怎样的母亲！你从不管教她，从不教育她吗？"

"爹！"芊芊喊，"这是我自己的事，跟娘无关，你打死我好了，不要迁怒于娘！"

"什么叫你自己的事？"杜世全一直问到她脸上去，"整个杭州市都当是我杜世全的事来讨论！你生为杜家人，你就得背负杜家给你的一切，这比'刺青'还牢固，因为它是你生命的一部分，你摆脱不掉，也挣扎不开，你懂不懂？好！"他大大喘口气，坚决地说："不管红梅洗得掉还是洗不掉，不管你是刺了一朵红梅，还是几百朵红梅，你从今以后，不许和醉马画会任何一个人来往，不许和梅若鸿再见面！"他一拉意莲："你给我出来，让她一个人关在这房里闭门思过！"

"爹！"芊芊凄声一喊，再怎么倔强，此时全化为恐慌，她双腿一软，就对杜世全跪了下去，"爹！你原谅我！我实在爱梅若鸿爱得太苦太苦了，我逃到上海，也逃不掉这份刻骨的思念，爱得没有办法，才会去刺红梅！爹，请你看在我这份痴情上，成全我们吧……"

"成全！"杜世全嘶吼着，"你还有脸跟我说成全？我永远不会成全你们！永远永远不会，而且，我会要梅若鸿为这件事付出代价，你等着瞧吧！"

吼完，他拖着意莲，把意莲硬给拖出了房外。门口，看热闹的小葳、福嫂、卿姨娘、丫头仆佣，全部后退。杜世全砰地关上了门，扬着声音喊：

"永贵！大顺！阿福……给我拿铁闩来！"

当晚，他在门上加了三道铁闩，重重闩住。再用三把大锁，牢牢锁住，把钥匙放在自己身上。意莲哭叫着说：

"你要饿死她吗？你要置她于死地吗？"

"把食物从门缝里塞进去！"杜世全说，"她死不了！就算她会死，也让她死在家里，免得死到外面去丢人现眼！"

芊芊就这样被囚禁了。

若鸿知道芊芊被囚禁，是福嫂来报信的。福嫂是给芊芊送食物时，被芊芊在门缝中低声恳求，给求得动了心。匆匆赶到水云间，她慌慌张张地说了几句话，就转身跑掉了。她说：

"小姐要你保持冷静，不要采取任何行动，因为老爷在气头上，什么事都做得出来！她要你这几天小心一点，最好住到朋友家去避避风头！小姐暂时不能来看你了，要我告诉你一声，让你知道原因，免得胡思乱想！她还说，她会想办法的，要你千万忍耐！"

福嫂走了。若鸿呆呆站着，他怎能忍耐呢？着急、担心、怜惜、无助……各种情绪，把他紧紧包裹着，他所有的思想和意志，都只有一句话：要救芊芊！但是，怎么救呢？杜世全家门户森严，自己要进那扇大门，恐怕都不容易，就算进去了，又能怎样？他想不清楚了，也没时间多想了，他骑上了脚踏车，奋力地踏着，直奔烟雨楼。

"子默！"他站在画室里，面对所有画会的老友们，着急地大喊着，"我知道我现在没什么脸面站在这儿求救！我知道大家对我已经有了成见……但是，我走投无路了！芊芊给她的爹关起来了！我求求大家，拿出我们的团队精神，看在芊芊曾经是我们大家的朋友分上，一齐去杜家，说不定可以救出芊芊来！"

子默、子璇和那"一奇三怪"，全体面面相觑，没有一个人说话，空气僵硬。子默、子璇的脸色尤其难看。

"我现在整个人心慌意乱，六神无主了！"若鸿强捺住自尊，低声下气地说，"子默，芊芊的爹一直很敬重你，上次才肯打电话给警察厅厅长，救我们出狱！假若我们全体去一趟，他或者会把我们看成一股力量……"

子默的脸色铁青，眼镜片后面，透出幽冷的寒光。

"太可笑了！"他瞅着若鸿，"太荒谬了！你居然还敢走进烟雨楼，要我去帮你追芊芊，你欺人太甚了！"

"是是，我可笑，我荒谬，可是我已经无计可施了！他们把芊芊关在房里，锁了三道大锁，她在受苦呀！"

"她受什么苦？"子璇尖锐地插嘴，"她在她父母保护底下，会受什么苦？她所有的苦难就是你！"

"对对对！是我是我！可是已经弄成现在这样子了，追究责任也来不及了！我现在到烟雨楼来求救，已经是病急乱投医了，难道你们不再是我的朋友了吗？"

"朋友？简直笑话！"子默一拂袖子，愤然抬头，怒瞪着若鸿，"你早已把我们的友谊，剁成粉，烧成灰了！现在，当你需要支持的时候，你居然敢再到烟雨楼来找友谊，你把朋友看成什么？你养的狗吗？呼之即来，挥之即去吗？我告诉你，我们没有人要支持你！"他抬眼看大家："你们有人要支持他吗？有吗？"

"我认为这是你个人的事，一人做事一人当！"陆秀山说。

"对啊！我们总不能打着画会的旗子，杀到杜家去帮你抢人啊！"叶鸣接口。

"就算我们愿意帮你去抢亲，也师出无名啊！"沈致文说。

"就算师出有名，我们也没那种本领功夫啊！"陆秀山再接口。

"我懂了！我懂了！"若鸿喟然长叹，踉跄后退，"我和芊芊，已经触犯天条，罪不可赦了，你们每个人都给我们定了罪，没有人再会原谅我们了！罢了罢了，我不必站在这儿，向你们乞讨帮助，我一人做事一人当，我去杜家面对自己的问题！"

他转过身子，大踏步冲出烟雨楼。

"等一等！"身后有人喊，他一回头，是钟舒奇。

"虽然我不善言辞，自知没什么分量，但是，我可以陪你去一趟杜家！"

第十章

当杜世全听永贵通报说，梅若鸿和钟舒奇在门外求见时，他真是又惊又怒又恨。他从椅子里一跃而起，往庭院里走去，一面对永贵气冲冲地说：

"他居然还敢上门？好！把他们带过来，我在院子里见他们！你叫阿福、大顺、老朱、小方……他们带着人，全体给我在旁边侍候着！我正要去找这个梅若鸿，没料到他自投罗网！好好好，我倒要看看，他是怎样一个三头六臂的人物！"

"世全！世全！"意莲追在后面哀求，"你跟他好好谈，好不好？让他别再来纠缠芊芊就好了。"

"你给我进屋里去！不要你管！"杜世全吼着。但意莲怎肯进屋里去。这个让她女儿魂牵梦萦、刻骨铭心的男人来了，她也想见一见呀！

若鸿和舒奇被带进大门，走过了柳荫夹道的车道，来到屋前那繁花似锦的庭院里。杜世全站在院中，怒目而视，非常威严，非常冷峻。好多家丁围绕在侧，人人严阵以待。整个庭院中，有股"山雨欲来"的肃杀之气。

"我是梅若鸿，"若鸿对杜世全深深鞠了一躬，"这是我的朋友钟舒奇。我想，您就是杜伯父了！"

"不错！"杜世全愤愤地说，"我就是杜世全！"他上上下下打量这个"梅若鸿"。只见他满头蓬松的头发，一对深黝的眼睛，晒得黑黑的皮肤，穿着件西式衬衫，竟然第一个扣子都不扣，下面是条咸菜干一样的裤子，还穿了件不伦不类的毛背心。这样的不修边幅，桀骜不驯，杜世全看了，就气不打一处来！就凭这样一副落拓相，居然勾引芊芊做出那么荒诞的行径来，简直可恨极了。"你来我家，想要做什么？"他大声喝道。

"杜伯父，请你让我见芊芊一面！"若鸿急切地说，"我和芊芊，情投意合，缘定三生。我们相知相爱，已经难舍难分，请您成全我们！"

"嗬！"杜世全越听越气，脸都涨红了，"你还有脸在这儿高谈情投意合，缘定三生？谁和你缘定三生？既无父母之命，又无媒妁之言，你勾引良家女子，做出违经叛道的事来，让我恨之入骨！你现在还敢在这儿大言不惭，你简直是个不知羞耻的魔鬼！来人啊！"他大叫："把他抓住，给我打！"

众家丁一拥而上，七手八脚地抓住了若鸿，迅速地反剪了他的双手。

钟舒奇急忙拦上前去，嚷着说：

"大家有话好说，不要动粗呀！伯父，好歹我们都是知识分子，君子动口不动手！"

"君子！"杜世全怒吼着，"和你们这种人，谈什么君子！"他指着若鸿的鼻子："你今天想好好地走出这个门，你就给我发下毒誓，从今以后不来纠缠芊芊！"

"我不是纠缠芊芊，我是爱芊芊呀！"若鸿也脸红脖子粗地叫了起来，奋力挣扎着，"你不让我见到芊芊，我根本就不会走！别说还要让我发誓了！你今天就是打死我！我也不走！"

"是吗？"杜世全大喝，"大顺，你们还等什么？给我打！给我狠狠地打！"

大顺一拳就挥过去，重重地打在若鸿的肚子上，又一拳挥向他的下巴，再一拳捶在他胸口。钟舒奇大叫着，伸出双手去挡：

"伯父！若鸿来这儿，原是一番美意……"

他的话还没喊完，已被好几双手，给推翻于地。众家丁围着若鸿，顿时间，拳打脚踢，打得若鸿跌跌撞撞，好生狼狈。若鸿被这样一阵打，整个人都陷入一种歇斯底里的状态，他放开喉咙，大声地狂喊起来：

"芊芊！你在哪儿？芊芊！我来看你了！芊芊！你出来！你快出来呀！芊芊！芊芊……"

杜世全气得快要晕了，更大声地嚷着：

"打！打！打！狠狠地打！打到他闭口为止！阿福、小方，你们打呀！重重地打呀！"

更多的拳头，像雨点般落在若鸿头上身上，打得他头昏眼花，七荤八素。意莲扑向杜世全，大喊着：

"你疯了吗？打出人命来怎么办？快住手呀！快叫他们住手呀！"

素卿、小葳、福嫂和丫鬟们都跑出来看热闹。一时间，院子里大的吼小的叫，又打又闹，乱成一团。在这团混乱中，若鸿依旧倔强地、嘶哑地声声吼叫：

"芊芊……芊芊……你在哪里？芊芊……"

在楼上卧室里的芊芊，被这惨烈的呼叫声惊动了。是若鸿的声音，他来看她了！她扑向房门，捶打着门，用力拉着门把，狂喊着：

"放我出去！爹！娘！福嫂！小葳！放我出去！放我出去！"她拼命地拉门打门，那门却纹丝不动。芊芊急得泪流满面了："天啊！谁来救救我！谁来救救我呀！"

整栋屋子里的人，都在庭院里，根本没有人听到芊芊的呼叫声。院子里，传来了若鸿更加凄厉的嘶喊：

"杜伯父，你打不走我！今天就算你把我打死了，变鬼变魂，我还是要找芊芊！芊芊！芊芊啊……哎哟……"

芊芊快要急疯了，她和身扑在门上，用力撞门，一下一下，撞得浑身疼痛，那门仍然开不开。她哭着，转身一看，只有一扇门通向阳台，她就撞开了阳台的门，奔上了阳台。她扑在阳台上对下面一看，只见永贵、大顺等十几个家丁，正在痛殴若鸿。这一看，她惊得魂飞魄散，匍匐在栏杆上，她对若鸿没命地大喊：

"若鸿！我在这儿！若鸿！若鸿！"

若鸿抬头见芊芊，就更大声地狂叫：

"芊芊！我告诉你！我不会屈服的，没有任何力量可以把我们分开……"

杜世全见芊芊现身，又见两人隔空呼叫，一股"生死相随"的样子，更是火冒三丈。他回头对永贵大叫：

"去给我拿根大棍子来！快！"

"爹！爹！"芊芊哭着在阳台上奔来奔去，苦无下楼之策，喊得凄惨已极，"爹！你不要打他！你这样做，我会恨你一辈子！爹！"她见喊不动世全，又哭着大喊："娘！娘！娘！救救我们吧！"

"世全！"意莲几次三番冲上来，又几次三番被世全推了开去，"你就放了他吧！我求求你呀！"

永贵已拿了一根大棍子来。钟舒奇见情况恶劣已极，大喊着：

"若鸿！好汉不吃眼前亏！你住口吧！留得青山在，不怕没柴烧呀！"

杜世全夺过木棍，气势汹汹地走向若鸿：

"你说！你还要不要纠缠芊芊……"

"我就是要纠缠芊芊，我缠她一辈子，爱她一辈子，你就是拿一百根、一千根木棍来，也打不走我！"

"你狠！你有种！你会撒赖，你会撒泼……"杜世全重重地喘着气，"你是画画的，你勾引我的女儿，好，好，好。"他厉声地："你用哪一只手画画？右手是吗？"他大声命令，"大顺、小方，你们把他拖到假山那儿，把他的右手，给我平放在石头上面！"

大顺等听命而为，把若鸿拖到大石头前，抓住他的右手，按在石头上。杜世全对着那只手，举起了大木棍：

"我今天就废掉你这只右手，看你嘴还硬不硬？看你还能不能打着艺术的旗帜，到处诱拐良家妇女！"

若鸿这才明白杜世全要毁他的手，急切挣扎，死力地要把手缩回去。

"你敢毁了我画画的手？你敢？你敢！"

"你看我敢不敢？你看我敢不敢……"

满院子的人都惊叫着，意莲叫"世全"，小葳叫"爹"，用人们叫"老爷"，钟舒奇叫"伯父"，素卿尖叫"老天爷"……庭院里一片惨叫声。

木棒正要挥下，阳台上，传来芊芊凄厉无比的呼号：

"爹！你废了我的手吧！我来代他！我下来了！若鸿！我下来了……"

她说着，已忘形地爬上栏杆，纵身飞跃而下。

小葳第一个看见，尖声狂叫：

"姊姊……姊姊跳下来了……姊姊呀……"

若鸿抬头一看，芊芊正飞快地坠下楼来。

"芊芊啊……"他惨烈地大喊，挣脱众人，奔过去。

杜世全回头一看，吓得丢掉了棍子，狂奔过去，伸出手来想接住芊芊。

世全哪里接得住，芊芊已砰然一声，跌落在石板地上。满院一片惨叫，全体奔了过来。

芊芊躺在地上，整个人都已晕死过去。额头贴着石板，血慢慢地沁了出来，染红了石板。

若鸿扑跪在芊芊面前，伸出手去，他把她抱了起来，紧拥在怀里。他的脸色和芊芊的脸色一样白，他用自己的下巴，紧偎着她那黑发的头颅，嘴里，乱七八糟地说着：

"我不会让你一个人走的，你死了，我跟着你去……我一定跟着你去……你不要怕，有我呢！有我呢……"

杜世全怔在那儿，在这么巨大的惊恐下，已完全失去了应付的能力。

意莲双腿一软，晕倒在福嫂的怀里。

芊芊被送进了慈爱医院，那儿有最好的西医。

芊芊并没有死，但是，伤痕累累。额头破了，右腿挫伤，膝盖擦伤，到处有小伤口，到处瘀血。最严重的是左手，手腕骨断了。医生给她立刻动了手术，接好了骨头，上了石膏。那时，上石膏还是最新的医治方式。足足经过四小时的手术，芊芊才被推入病房。她看起来实在凄惨，额上包着绷带，手腕上上着沉甸甸的石膏，浑身上下，到处裹着纱布。她整个人缩在白被单里，似乎不胜寒瑟。

到了病房，她就清醒过来了。她一直睁大眼睛，去看若鸿，惊恐地问：

"你，你的手，你的手……"

若鸿急忙把两只手都伸在芊芊眼前，拼命张合着手指给她看，嘴里恳挚地说着：

"一根手指头都没少！芊芊，你用你的生命，挽救了我这只手。从此以后，这只手是你的，这只手的主人，也是你的！我在你父母面前，郑重发誓，从此，我这个人，完完全全都是你的！你要我怎样，我就怎样……"

她瞅着他，紧紧地瞅着他，仔细研究着他的脸：

"你的眼睛肿了，你的嘴角破了，你的脸瘀血了，你的下巴青了，你的眉毛也破了……你的胸口怎样？肚子怎样？我看到大顺……一直打你肚子……"她啜泣着，泪，涌了出来。

"拜托你，求求你！"若鸿也落下泪来了，"请你不要研究我脸上这一点儿伤吧！你躺在这里，上着石膏，绑着绷带，动也不能动，我恨不能以身代你，你还在那儿细数我的伤！你知道吗？我真正的伤口在这儿！"他把手压在心口上，痛楚地凝视着她。

杜世全惊愕地站在一边，注视着这一对恋人，一对都已"遍体鳞伤"的恋人。一对只有彼此，旁若无人的恋人。他简直不知道自己心中是恨是悲？是怨是怒？只觉得鼻子里酸酸的，喉中哽着好大一个硬块，使他一时间，竟说不出话来。意莲拉着他，把他一直拉到了门外，哀恳地说：

"世全，我们认命了吧，好不好？"

"这是'命'吗？"杜世全问，"不是'债'吗？"

"命也罢，债也罢，那是芊芊的命，那是芊芊的债，让她去过她的命，去还她的债吧！你什么都看到了，他们两个，就这样豁出去了！好像除了彼此之外，天地万物都没有了！这样的感情，我们做父母的，就算不了解，但是，也别做孩子的刽子手吧！"

"刽子手！"杜世全大大一震，"你用这么严重的名词……"

"当芊芊跳下楼来的那一刹那，我就是这种感觉，我们不是父母，而是……刽子手！"意莲含泪说。

杜世全注视着意莲，喟然长叹。世间多少痴儿女，可怜天下父母心！他知道他投降了。但是，他必须和这个梅若鸿，彻底谈一谈！

钟舒奇当晚就到了烟雨楼，把若鸿挨打，芊芊坠楼的经过，详详细细地说了。子默和子璇，都震动得无以复加，"三怪"更是啧啧称奇，自责不已。叶鸣跌脚大叹说：

"若鸿来求救的时候，我就有预感会出事，朋友一场，我们为什么不帮忙呢？"

"你有预感，你当时为什么不说！"沈致文对他一凶，"现在放马后炮，有什么用？"

"奇怪，你凶什么凶？"叶鸣吼了回去，"当时，就是你说什么'师出无名'，大家才跟着群起而攻之！"

"三怪"就在那儿你一句我一句地对骂起来。子璇坐在那儿，动也不动，眼睛深黝黝地像两泓深不见底的湖水，渐渐地，湖水慢慢涨潮了，快要满盈而出了。钟舒奇心动地看着她，走过去拍拍她的手，柔声说：

"别难过。这一场风暴，已经过去了。若鸿虽然挨了打，芊芊虽然跳了楼，两个人都大难不死，必有后福！而且，杜伯父显然已经心软了，对他们两个这种'拼命的爱'，已经准备投降了！"

子璇再震动了一下，陡地一转身子，含泪冲出去了。

子默看着子璇的背影，理解地、痛楚地咬了咬嘴唇。他感到内心那隐隐的伤痛，正扩散到自己每个细胞里去。对芊芊，对若鸿，已分辨不出是嫉妒还是同情，是愤怒还是怜悯，只深刻地体会到，自己的痛，和子璇的痛，都不是短时间内，可以烟消云散的了。

第十一章

芊芊在医院里住了一个月。

这一个月中,若鸿有了彻底的改变。在杜世全开出的"条件"和"考验"下,他屈服了,他去"四海航运"公司上班了。杜世全对他说得很明白:

"你爱芊芊,不是一句空口说白话,所有的爱里面,都要有牺牲和奉献,我不要你入赘,不要你改姓。我只希望芊芊未来的日子,过得好一点,希望我庞大的家业,有人继承。所以,你要芊芊,就必须依我一个条件,弃画从商,进入杜家的事业,我要栽培你成为我的左右手!"

若鸿听到"弃画从商"四个字,就吓了好大一跳,本能地就抗拒了:

"那怎么可能?画画是我的生命啊!要我放弃画画,等于要我放弃生命呀!"

"你不是口口声声说,芊芊对你,更胜于你的生命吗?你不是口口声声说，为了争取芊芊，你愿意付出一切代价吗？"

"是啊！不错啊！"若鸿凄然地说，"但是，爱芊芊和爱画画，这两种爱是可以共存的啊！"

"如果不能共存呢？"杜世全尖锐地问，"你要舍芊芊而要画画吗？"

"不！我要定了芊芊！"若鸿深深抽了一口气，以一种"壮士断腕"般的"悲壮"，说了出来，"好！我进入杜家的事业，我去上班，我学习经商！但是，下班以后的时间是我自己的！我上班八小时，睡觉六小时，还有十小时画画！如果我能'三者得兼'，有芊芊，有上班，有画画，那样，你总不能反对了吧？"

"你试试看吧！"杜世全说，"如果你不全心投入，我怀疑你的能力，是不是能三者得兼！搞不好，你三个都要失去！你试试看吧！"

就这样，若鸿进入了"四海航运"，到杭州分公司上班去了。杜世全给了他一个"经理"的称谓，让他先学习航运和贸易的基本事务。事实上，他上班的第一个月，根本不在上班，而在上课。四海的各部门首长，每天捧给他一大堆的汇报，关于船期、货运、转口、管理、经营、谈判……他一生没有进入过这样艰难而复杂的社会，像小学生般弄了一大堆的笔记，仍然是丢三落四，错误百出。难怪，芊芊手腕上的石膏，被"一奇三怪"写满了吉祥话，而若鸿在上面写的却是：

"芊芊卧病二十一天，天天好转！若鸿上班一十二日，日日成愁！"

芊芊看了这两句话，真是心痛极了。但是，若鸿挑着眉毛，用充满信心的声音说：

"不要担心，我现在只是一开始不能进入情况！等我摸熟了，就会上轨道的！你放心，我要好好地干，不能让你爹小看了我！"

芊芊欣慰地笑了。能让父亲从激烈的反对，到现在这样的妥协，已经非常非常不容易了，确实值得若鸿付出一番努力。如果能当成父亲的左右手，也不必再为"咯咯咯"来吵架了。

七月，芊芊出院了。全家热热闹闹，一片喜洋洋。"一奇三怪"都来探视过芊芊，依然爱说笑话，仍然会把气氛弄得非常欢乐。但是，子默只去过一次医院，什么话都没说，就默默地走掉了。子璇从来没出现，既没去过医院，也没来过杜家。这种冷漠，使芊芊感到十分伤痛，当她知道，自从自己受伤以后，若鸿就再也没去过烟雨楼的时候，她就更难过了。然而若鸿很轻松地说：

"那有什么关系？没有烟雨楼，我还有水云间呀！何况，我现在也没时间画画了，我有那么多'功课'要做，我有'四海'呀！"

四海，四海，四海是若鸿的地狱，里面既有刀山，也有油锅，他一会儿上刀山，一会儿下油锅，简直痛苦极了。受训一个月以后，他开始正式着手工作，这才更体会到事事艰难。永远有弄不清的数目字，永远有弄不清的港口名称，永远有弄不清的航线图，永远有弄不清的商品……真不明白，为什么一天到晚要把甲地的东西送到乙地去？又要把乙地的东西搬到甲地来？

这天，在办公厅里，一大堆"副理"围着个"梅经理"，人人都捧着公文，着急地询问着：

"梅经理，华宏公司的棉花提单，我记得是交给您了，您快找找，是放在哪里了！现在等着要用！"一个说。

"我找！我马上找……"若鸿在一大堆公文里翻着找着。

"等一等！"另一个把公文送到若鸿眼前，"梅经理，这份提单，您签字签错了！现在达兴公司翻脸不认账，这笔运费，要我们四海自行负责！"

"岂有此理！"他大怒，骂着说，"你告诉达兴，我们四海的船，第一，船期稳！第二，信誉好！第三……第三……第三……"他想不起来了。

"汰旧率高！"另一个副理忍不住接口。

"对对对！汰旧率高，所以，所以……"

"跟他们说这个没有用，他们不认账还是不认账！"

"梅经理，"又一个"副理"从外面冲了进来，气急败坏地喊，"惨了惨了！这份合约书有问题，报价单上您少写一个零，十万块的生意变成一万块了！这下赔惨了，怎么办？怎么办？"

"少写一个零？怎会这样？"若鸿焦头烂额地问，"你们送出去以前，怎么不校对一下？……"

"梅经理，"再一个急急问，"隆昌的王经理在问我们，下个月五日出发的合顺号，是不是铁定在连云港靠一下？"

"靠一下？好好，就靠一下……"若鸿已经心乱如麻。

"什么？"前一个吼了起来，"怎么可以靠？航程一变，后面全体会乱……"

"哦哦哦，"若鸿急说，"那就不可以靠……"

"不可以？"后一个急了，"梅经理，你昨天说可以，张副理已经签出去了！"

"那，那，那就只好可以了！"他六神无主地。

"您说可以，张副理要您签个字……"

"签字？"他大吃一惊，跳了起来，"我不签字，我再也不要签字！以前，我在我的画上，签了几千几万个名字，每签一次都是骄傲，从没有签出任何麻烦……现在，签一个错一个，我不签，不能签……"

"梅经理……"一个喊。

"梅经理……"另一个喊。

顿时间，左一声"梅经理"，右一声"梅经理"，叫得他心慌意乱，胆战心惊。他终于再也按捺不住，霍地从椅子里跳了起来，大吼着说：

"停止！停止！一个都不要说了，我输了！我败了，行吗？而且我的名字也不叫'梅经理'，自从我叫了'梅经理'以后，我简直就是名副其实的'霉经理'！我统统不管了！我不干了！我让这个'霉经理'变成'没经理'，可以吧？"

他大步冲出门外，抛下一堆副理面面相觑，他回"水云间"去了。

这件事，使杜世全气得快发疯了，他回到家里，跳着脚对芊芊说：

"我就不懂，你怎么会看上这样一个一无是处的男人？他是数学白痴呀！数目字都不会认！不是少一个零，就是多一个零！他是地理白痴呀！到现在还不知道长江线有多少港口？他是时间白痴呀……所有船期都弄不清楚……我真怀疑他是不是智商有问题！"

"爹！"芊芊小小声说，"你不要急躁，你要给他时间嘛……"

"给他时间？"杜世全咆哮着，"他可不给我时间呀！丢下公司一大堆烂摊子，他说他不干了！连跟我报告一声都没有，人就不见了！我怎样给他时间？"

"啊……"芊芊惊呼了一声，立即了解到，若鸿必然深深受挫了，她就担忧得心慌意乱起来。杜世全还在那儿大篇大篇地数落，她已经听不进去了。"我出去一下！"她嚷着说，"我看看他去！"说着，她转身就往外跑。

"你给我回来！回来！"杜世全喊着，"医生说你还要休息，你去哪里？"

芊芊早就跑得没踪没影了。杜世全跌坐在沙发里，大声地叹气呻吟：

"我到底是造了什么孽，会生了这样一个女儿！"

芊芊到了水云间，发现若鸿坐在地上，对着一地的画板画纸发呆，他的脸色苍白而憔悴，他的眼光，像是垂死者的眼光，空洞而无神。他一动也不动地坐在那里，似乎是在"凭吊"一个死去的梅若鸿。他那种萧索、悲怆、无助和落寞，立刻绞痛了芊芊的五脏六腑，她全身全心，都为他而痛楚起来。走到他面前，她跪了下去，伸出双手握住他的双手：

"若鸿，如果你不能适应上班的生活，你就不要再去了！千万别折磨你自己！"

他抬眼看她，眼中一片悲凉。

"芊芊啊！"他哀苦地说，"失去了绘画的梅若鸿，实在是一无所有啊！在那间办公厅里，只有一个低能的、无知的梅若鸿，在那儿被各种公文，各种数目字，各种船名地名货物名，给一刀一刀地'残杀'掉！"

"若鸿！"芊芊震动地惊喊。

"失去了绘画，失去了海阔天空的生活空间，失去了自由自在的时间……我等于已经毁灭了，已经死亡了！芊芊啊……我不明白，这个毁灭了的我，死亡了的我，对于你，还有价值吗？"

芊芊被他那样凄苦的语气，吓得冷汗涔涔，发起抖来了。她扑过去，一把就把若鸿抱住，痛下决心地喊：

"若鸿，你不可以死亡，不可以毁灭！你听着！你画画吧，你去画吧！尽情尽兴地挥洒你的彩笔吧！我绝不让他们再糟蹋你，再残杀你了！"

"可能吗？"他有气无力地说，"你爹不会放过我的……"

"他会的！他会的！"芊芊喊着，"无论如何，我爱上的那个梅若鸿，是水云间里的梅若鸿，不是四海航运里的梅若鸿啊！让我们去跟爹说，让我们去说服他吧！"

当杜世全知道，芊芊和若鸿，做了退出四海航运的决定时，他实在是太失望、太灰心了。

"你不是说，你上班八小时，睡眠六小时，你还可以有十小时来画画吗？"他对若鸿激动地问，"你怎么不利用你的十小时呢？"

"我哪里还有十小时！"若鸿痛苦地说，"我已经过得一团乱了！一天剩下的十小时，有五个小时用来背资料、查资料、找资料……另外五个小时，用来痛苦、沮丧、懊恼、生气了！我还有什么时间可以画画呢？"

"这种混乱又不是永久的？你总有一天熟能生巧！你犯了这么多错，我可曾当面责备过你一句？结果你自己那么快就打退堂鼓，你对得起我吗？你这是男子汉大丈夫的行径吗？"

"我……实在没有办法啊！"若鸿沮丧到了极点，"我太不喜欢办公厅里那些事情了！"

"不喜欢？你以为我杜世全就喜欢奔波劳顿的吗？人生在世，岂能尽如人意？总有时候，是要为自己的责任感做一点什么，而不是永远为了兴趣生活……"

"爹！"芊芊急切地插进来，"你就不要再勉强他了，上那个班，对他实在太痛苦！一个痛苦的经理，不会为四海带来繁荣的……"

"是啊！"若鸿接口，"你留着我，迟早会留出大麻烦来的！这个班我是绝不能上下去了，再上下去，我自己发疯也就算了，把公司搞垮了，连累百名员工，失去就业机会，流离失所，我岂不罪莫大焉！"

"哼！"杜世全从鼻子里重重地哼一声，怒冲冲地看着若鸿，"你说的也有道理，你带来的麻烦，已经够大了！"他咬咬牙，"那么，你到底能做什么？你告诉我！画画吗？你自认是个很有才气的艺术家吗？"

"最起码，我一天画二十四小时，都不会累！"若鸿扬起眉毛来，"伯父，你放我自由自在地画画，我一定很快就画出名堂来！并不是每个艺术家都穷，靠画画而功成名就的人也多着呢！汪子默就是其中之一，不是吗？"

"这可是你说的！"杜世全盯着若鸿，"你的意思是说你是画坛奇才，只要离开我的公司，你就如鱼得水，可以全力去画，尽兴去画，画了一定有出息？早晚飞黄腾达，功成名就？"

"飞黄腾达，功成名就是可遇而不可求的！"若鸿坦白地说，"我不敢说我能达到那个地步，但是，你让我去画，我迟早会画出一片属于梅若鸿的天空来！"

杜世全背负着手，在房间里踱来踱去，踱来踱去，思索着，研考着。然后，他突然停在若鸿面前，有力地说：

"好！为了你这一句'属于梅若鸿的天空'，我赌下去了！我给你两个月的时间，今天是七月二十，九月二十日，我为你开一个画展，我会租下杭州最好的场地，揽翠画廊！所有画笔、画纸、裱画钱，全由我投资！如果你成功了，我就承认了你，如果你失败了，你就再也不要到我面前来唱高调！至于成功的定义，我并不要你的画卖大钱，只要看看你能不能在艺术界引起回响，受到肯定！"

"真的？"若鸿不敢相信地问，整个脸孔，都绽放出光彩来，眼睛里的阴郁，一扫而空，两眼变得炯炯有神了，"伯父，你真的愿意支持我？"

"我不是'支持你'，我是'考验你'，"杜世全说，"你听着！我只出资帮你开画展，但我不会发动任何一个人来买画或看画！画展的成败，全靠你自己！"

若鸿意兴风发，精神抖擞了。

"我会表现给你看的！伯父！两个月的时间虽然太短，但是我会夜以继日，全力以赴！何况，我以前还有很多画，可以整理出来！我保证，我不会再让你失望了！绝对绝对不会了！"

杜世全呼出好大一口气来：

"但愿你不会！"

芊芊喜出望外，扑上前去，忘形地搂住了杜世全的脖子，欢喜得声音都发抖了：

"爹！你毕竟是个有胸襟、有气度、有思想、有感情的，伟大的爹呀！"

杜世全又哼了声，努力做出一副无动于衷的样子来，但，芊芊这几句话，确实让他舒解了连日来的愁云惨雾。而且有些轻飘飘的！他抬眼再看了看若鸿，此时的若鸿，神采飞扬，双眸炯炯，看起来不那么落拓窝囊了。说不定，他真是个人中龙凤，画坛奇才呢！

第十二章

在芊芊卧病，若鸿上班这两个月里，子璇的心情，已经跌落到谷底。

子璇一直是个潇洒的、快乐的女人。即使她和玉农为了离婚，闹得不可开交时，她也不曾让自己被烦恼和忧郁所征服。她的思想、看法、行为……确实都走在时代的前端，带着几分男儿的豪爽之气。这得归功于她那思想非常开明的父母，给予了她百分之百的自由。自从父母举家北迁，她又深受子默和画会的影响，更加无拘无束，海阔天空。在芊芊出现以前，她是整个画会的重心。子默虽得到大伙儿的尊敬，她却得到大伙儿的"爱"。她虽然潇洒，但对这种"爱"，仍然有女性的虚荣，她就自然而然地享受着这份爱。也因为这份爱，她变得更自信、更活泼、更爽朗、更神采飞扬了。

芊芊的出现，把画会的整个生态，完全改变了。

子璇是喜欢芊芊的，觉得芊芊纤柔美丽，清灵秀气，像个精雕细琢的瓷娃娃，需要细心地呵护，仔细地珍藏，还要"时时勤拂拭，莫使有尘埃"。这样一个来自贵族之家的瓷娃娃，和无拘无束的子璇，属于两个完全不同的世界，两种不同的层次。一开始，子璇不只是欣赏芊芊，而且，是用全心在呵护着她的！当她发现子默对芊芊的爱之后，她就不只"呵护"，更生出一份爱屋及乌的"宠爱"来。

没想到，这样"呵护"着、"宠爱"着的"瓷娃娃"，竟然一棍子把子默打入地狱，再以迅雷不及掩耳的速度，从她手中夺走了梅若鸿。子璇被彻底地打倒了，连挣扎战斗的意志都失去了。怎么会这样呢？子默的才气纵横，自己的文采风流，都败给了芊芊？

子璇对若鸿的爱，已经萌发了两三年。她从没见过这样落拓不羁、充满自信、欢乐的、天真的、永远童心未泯的男人。若鸿勾起了她一部分潜藏的母爱，使她几乎是无条件地、不求回报地去爱他。在她离婚之前，她爱他爱得那么"坦然"，连自己都相信这份爱是超越了男女之情，一种纯洁无私的爱。离婚之后，挣脱了所有道德传统的枷锁，她对他再无保留，奉献了一个最完美的自己！

结果，这份爱不曾在若鸿生命中留任何痕迹，得来容易，弃之更易。芊芊攻占了若鸿整个的城池，子璇连一点点小角落都没有了。

不可能不吃醋，不可能不生气，不可能不嫉妒……但是，更深更深的伤痛，来自对自己的否定。"失恋"不是一个单纯的名词，失去的绝不止一个"恋"字。伴之而来的，是失去自信，失去欢乐，失去爱与被爱的能力，失去生活的目的，失去兴趣……失去太多太多的东西！

子璇就这样陷入了生命的最低潮。其实，子默的伤痛，比子璇来得更强烈，但是，子默是男人，他还要教书，他还要演讲，他还要画画……他的生活面毕竟比子璇广阔，他的情感也比子璇含蓄。所以，他还能自制，子璇却连自制的能力都没有了。

芊芊坠楼、受伤、住医院，若鸿弃画从商、进公司上班……这些事一桩桩地发生。子璇在巨大的惊愕中，有更深的挫败感，若鸿连绘画都可以放弃，他还有什么是不能放弃的？

子璇的消沉，加上子默的失意，画会也显得毫无生气了。何况，没有爱闹的若鸿，失去美丽的芊芊，"一奇三怪"都笑不出来了。好不容易，大家拉着子默去"夜游西湖"，子璇又不肯去。

那夜，钟舒奇来敲她的房门。

"子璇，别再关在屋子里了，和大家一起去欢笑吧！我们热了一壶酒，到船上去喝！没有你，我怎么可能有兴致呢！去吧！去吧！"

她一时之间，情绪澎湃，不能自已，她把钟舒奇拉进了房门：

"我有一个很严肃的问题要问你，你一定要回答我实话，不可以骗我，好不好？"

"你问啊！我从不说假话的！"钟舒奇正色说。

"舒奇,"她非常认真地问,"你爱我吗?"

"我?"舒奇大大一震,不由得激动起来,"全世界的人都知道我钟舒奇爱你,就像全世界的人都知道叶鸣、玉农他们爱你一样!子璇,如果你对感情付出过痛苦,我付出的一定比你付出的多得多!"

"怎么说?"

"当你是别人的妻子时,我爱你爱得痛苦,当你为别人动心时,我爱你爱得痛苦,当你又为别人失意时,我爱你爱得更痛苦了……"

"舒奇!"她感动地喊了一声,把舒奇紧紧抱住,"你这几句话,让我太感动了!我从来不知道,我使你这么痛苦!我实在太坏了!舒奇,你要永远这样爱我,永远不变,好不好?好不好?"

"你放心,"钟舒奇又惊喜又激动,把子璇紧紧搂住,"我不会变,我永远永远都不会变!"

于是,子璇吻了他。

钟舒奇在狂喜般的激荡里,拥住了子璇。一个动情的男人,和一个寂寞的女人,就这样给予了彼此,也占有了彼此。

对子璇来说,和钟舒奇的那一夜,是自己失意中的发泄,她实在没有对钟舒奇认真。事后,她有一点点后悔,但是想想,自己这一生,已经弄得乱七八糟,该后悔的事实在太多,也就不去想它了。但是,钟舒奇认真了。没几天,子默就气急败坏地来找子璇,抓住她的肩膀,摇着她。

"我问你，你好端端的，去招惹舒奇做什么？你又不是不知道，这'一奇三怪'当中，就是钟舒奇最死心眼儿，他会认真的!"

子璇神思恍惚地看看子默，受伤地问：

"他认真又怎样呢？认真也值得你大惊小怪吗？难道你也认为，像我这样的女人，不值得男人来认真吗？"

"那么，你打算嫁他吗？"

"嫁？"子璇一震，"我刚从一个婚姻的牢笼里逃出来，你以为我还会再掉进去吗？"

"那么，你是在游戏吗？这是一个好危险的游戏！你不要糊涂！男女间的事，一个弄不好，就会天翻地覆……梅若鸿和芊芊就是例子，杀伤力之强，简直四面八方，都受影响……"

"不要对我提梅若鸿!"子璇神经质地大叫，用双手捂住了耳朵。

子默抽了一口冷气，神情凝重地看着子璇，眼中满是心疼。他拉下子璇捂住耳朵的双手来，紧紧盯着她：

"子璇，你到底和梅若鸿，到了什么程度？"

她转开头，不说话。他心中更冷了。

"子璇，若鸿是个混蛋，我们把他忘了吧！就当我们这一生，从没认识过这个人，把他埋了，葬了吧!"

她转回头来，凝视着他，低沉地问：

"你行吗？你做得到吗？忘了芊芊？不再爱她，不再恨她！不再为她心痛，不再为她生气，不再为她伤心，不再为她担忧……你做得到吗？"

子默心头一紧，说不出有多痛。他哑声说：

"即使我忘不掉芊芊，我也不会找另一个女孩来填空！这样是不公平的！不道德的……"

"不要对我谈公平道德！"她发作了，对子默大吼大叫起来，"人生没有什么事情是公平的！不要用传统礼教的那些大帽子来压我，我从来就是礼教的叛徒！成天跟着你们这些艺术家鬼混，早就没有人尊重我，珍惜我！我的事我自己负责！钟舒奇以前没有得到过我，现在他也没有损失什么，你干吗为他抱不平？他有什么不满意，尽管来找我好了……"

子默被她吼得连退了好多步，退到门边，他以一种陌生的眼光，悲伤地看着她。那个欢乐的、自信的、神采飞扬的汪子璇，到哪里去了？他重重地咬了一下嘴唇，闭了闭眼睛。那个汪子璇，已经被若鸿和芊芊谋杀了！就和往日的子默，被他们谋杀了一样。他退出房间，带着无尽的伤痛，走了。

没多久，子璇过生日。谷玉农带着好多礼物来看子璇，又是衣料，又是首饰，又是巴黎带来的香水和化妆品。子璇又感动了，她最近真容易被感动！搂着玉农的脖子，她亲昵地说：

"如果还爱我，就证明给我看！如果还爱我，就不要放弃我！我是自由的，你也是自由的，这种感觉真好！追我吧！玉农！继续爱我吧！玉农！"

谷玉农的心，就这样被她撩拨得飞了起来。那晚，她喝了好多酒，醉了。她跳上马车，驾着马车就往外飞奔，谷玉农追上去，跳上马车陪她飞奔。

八月，子璇忽然从昏天黑地的荒唐岁月中醒了过来，觉得自己浑身都不对劲。早上起床，看到牙膏就想吐，经过厨房，闻到油腥味就要作呕。她惊怔地、恐慌地体会到，自己身体里已有一个小生命在孕育。怎会呢？她和谷玉农结婚四年，也曾希望有个孩子，但，她始终都不曾怀孕。她的生理期常常不准时，也看过妇科医生，医生说她不容易受孕。而现在，她身体上的种种变化，都让她确定，她是怀孕了。算算日子，从五月份以后，经期就不曾来过了！五月，正是芊芊去上海，她和若鸿纵情于水云间的时期！她惊悸地、苦恼地想着：不要不要！她不要怀孕，她不要这个孩子！尤其，是梅若鸿的孩子！她用手压在肚子上，似乎已感到那孩子在长大。怎么办呢？怎么办呢？她心慌意乱，着急了，害怕了。她这一生，从没有这样手足失措、束手无策过。

　　她迟疑了好多天，既没有人可以商量，也没有人可以讨论。身体上的不适在加重，没胃口，没精神，只想吃些奇奇怪怪的东西。挨到九月初，她觉得没办法再拖下去了，她必须要找另一个当事人谈谈。于是，她骑着脚踏车，去了水云间。

　　若鸿确实夜以继日、全力以赴地画了两个月的画。在画画的过程中，他时而欢喜，时而忧愁，时而得意，时而灰心，时而觉得自己是天才，时而又认为自己是废物……就这样一会儿上天，一会儿下地地把自己折腾了两个月。幸好芊芊陪伴在侧，不断地打气，不断地鼓励，是个"永不泄气的支持者"。这样，若鸿终于有了五六十张自认还过得去的作品，尽管他把自己弄得又瘦又黑，他的精神却是振作的，眉尖眼底，全是喜悦和兴奋。

这天，阳光很好，水云间外的草地，一片碧绿。芊芊把若鸿的画，一张张排列在草地上，用石头压着四角，以防被风吹走。她再一张张审视过去，嘴里喃喃地说着：

"这一张我喜欢……这一张我喜欢……这一张我喜欢……这一张我也喜欢……"她抬头叫，"若鸿！每一张我都太爱了，怎么办？画展到底要用多少张？"

若鸿奔过来，看着一地的画，他一张张看过去，越看越满意，越看越得意。

"傻瓜！"他故意地笑骂着芊芊，"什么每张都喜欢？这张就不好，这张也很烂，这张……这张实在不错！这张也还马马虎虎……唔，唔……这张嘛，这张是杰作！"他情绪高涨，兴奋不已："哇！才多久时间，我居然完成了这么多幅画！哈哈！"他大笑着，"哈哈，哈哈……"太高兴了，他往后一仰，就平躺在草地上，两眼望着天空，大叫着说，"天为被，地为裳，水云间，我为王！哈哈！"

芊芊感染了他的喜悦，跪在他身边，看着他。见阳光闪耀在他整张脸孔上，芊芊也喜不自禁了，笑着说：

"你真的有点疯狂哦！"

"不是一点点疯狂，是很多很多疯狂！"若鸿笑着说，伸手用力一拉，就把芊芊拉了下来，两人滚倒在草地上，笑成一团。

子璇就在这时，到了水云间。

她停下脚踏车，惊讶地看着一地铺陈的画和那滚成一团的若鸿和芊芊。心中像被一块巨石狠狠撞击了一下，仓促间，她转身想离去。但是，若鸿和芊芊已经看到她了，两人急忙从草地上站起来。

"子璇！"若鸿喜出望外，"你终于肯来水云间了！哈！今天真是我的好日子，吉星高照！我就知道你不会永远不理我的！"

子璇深深地吸口气，力图平静自己。芊芊已走过来，对她羞涩地、友善地、近乎讨好地一笑：

"子璇，你比我大几岁，我有什么不对，你原谅我吧！如果我们大家能恢复以前的友谊，我就太高兴了！"

子璇对芊芊软弱地笑了笑，心情实在太烂了，自己也知道笑得非常勉强，她抬眼去看若鸿，心事重重地说：

"若鸿，我来找你，有事……"

"太好了！"若鸿不由分说，拉住她，就把她拖到那些画前面，"快来！你帮我看看这些画，你看我画得怎样？我的画展就要举行了，我实在很紧张……"

"画展？"子璇怔了怔。

"是呀，就是二十日，在揽翠画廊！我已经寄请帖给你们了！你回去告诉子默和舒奇他们，一定要来！"他兴冲冲地说着，又解释了一句，"当然，是杜伯父支持我，要不然，我是没能力去租那种地方的！"

子璇看了芊芊一眼，再看了若鸿一眼，心中的感觉，真是复杂到了极点，说不出有多嫉妒，也说不出有多苦涩！

若鸿一心只在他的画作上：

"你看！这一张，我好得意，我给它取名字叫《奔》，你说好不好？还有这张，画的是雨后的天空，我还没定名字，你说叫什么好？"

子璇情不自禁地被那些画吸引了，她一张张看过去，越看越惊奇，不得不赞赏地说：

"若鸿，你真是才气横溢，画得……太好了！"

"真的吗？真的吗？"若鸿兴奋得像个孩子，"你这样说，我就放心了！芊芊说她每张都喜欢，但她是感情用事，根本不懂嘛！你才是行家！而且你不虚伪！我真的有进步，是不是？是不是？"

子璇忽然看到两张并排而放的油画，画的都是人像，一张是自己披着薄纱站在窗前，一张是芊芊，伫立在西湖湖畔，穿着件低胸的白色绸衫，胸前的"红梅"，赫然在目！子璇瞪着那两张画，顿时觉得五内俱焚，整个胃都翻搅了起来。她再也看不下去了，她再也待不下去了，至于来时想谈的问题，也谈不出口了。她掉转身子，回头就走。

"子璇！"若鸿惊呼着，"你才来，怎么就要走呢？别走别走！进屋里去喝杯好茶，芊芊才给我拿了两罐碧螺春来……"

子璇一语不发，跳上车子，头也不回地、飞快地、逃也似的骑走了。

芊芊看着她的背影，有些恐惧地说：

"若鸿，我觉得她不对劲儿！你是不是该……追她去？也许……她有话要对你说……"

若鸿摇摇头，有些沮丧起来。他看了芊芊一眼，是的，他已经在两个女孩中选择了一个，就对这一个好到底吧！子璇的创伤，他已经无能为力了。

第十三章

子璇已经走投无路了。在那个时代，要除掉肚子里的孩子，实在不是一件很简单的事。

她好不容易，辗转又辗转地，从陆嫂的朋友，一个洗衣妇那儿，弄到了一个地址。于是，这晚，她单枪匹马，带着二十块现大洋，带着坚定的决心和无比的勇气，在一个小黑巷子里，找到了那个地址。敲开门，那产婆一见白花花的大洋，再看年纪轻轻的子璇，就什么都明白了。她四顾无人，忙忙地关了门，把她拉进了小屋。

小房间里阴暗潮湿，一股药水味和霉味扑鼻而来，子璇就觉得头晕目眩了。产婆让她躺上了床，先帮她检查，手指在她肚子上东压压，西压压，一副"专家"的样子。

"几个月了？"产婆问。

"大……大概三个月。"她嗫嚅着。

"我看不止啰！"产婆老三老四地说，"孩子都挺大的了，起码有四个月了！你今天是碰到贵人了，换了任何人都不敢帮你拿，这么大的孩子，手啊脚啊都长好了，已经是个成形的小娃娃了……"

产婆说着，开始去清理工具，钳子剪刀在盂盆里丢来丢去，一阵铿铿锵锵，金属相撞的，刺耳的声音。子璇听着，不自禁地起了浑身的鸡皮疙瘩。她把手紧压在肚子上，想着产婆说的，"手啊脚啊都长好了，已经是个成形的小娃娃了……"她似乎感到孩子的小手，隔着那层肚皮，在探索着她的手，在试着和她相握。她惊颤着，浑身通过一道电流似的刺痛，一直痛到内心深处。

"你要怎么做？"她问产婆。

"以前都是吃药，可是吃药靠不住，吃了半天，孩子还是下不来。现在我用刮的，是医生教给我的洋方法，快得很，刮过就没事了……"

"刮的？你是说，你把他'割'掉？"

"是啊！"

"那，"她急急地，冲口而出，"他会不会痛？"

"你忍着点，总有点痛，忍忍就过去了！"

"我不是说我，"她激动了起来，"我是问'他'，孩子，孩子现在有没有感觉，会不会痛？"

产婆愣住了，张大眼睛说：

"那我怎么知道啊！"

"你说他已经都长好了！你去割他的小手小脚，他怎么不会痛？"她更加激动，全身战栗，想着她腹内的那个孩子，想着那柔弱的小手小脚。她仓皇地跳下床来，一头一脸的冷汗，满眼的恓惶和心疼："不行不行！你不能割我的孩子，他会痛！他一定会痛！我不要他痛！"

"你到底要不要做？"产婆喊着，"躺好！躺好！"

子璇把产婆用力一推，产婆一个站不稳，跌坐下去，带翻了小茶几，钳子刀子盆子落了一地。

"他是我的孩子！我不能用刀去割他……"子璇哭着喊，夺门而逃，"我不能！我不能！我不能！我不能……"

子璇逃出了那间小屋，仓皇地拔脚狂奔，好像那些刀子钳子都在追着她。她对这儿的地形原不熟悉，四周又都漆漆黑黑，连盏路灯都没有。她跑着跑着，一面不住回头张望。忽然打另一个巷子里，走出一个挑着木桶的小贩，小贩一声惊呼，来不及躲避，两人就撞了个正着。子璇惨叫一声，摔倒于地，木桶扑通扑通滚落下来，好几个都砸在她肚子上。她痛得天旋地转，汗泪齐下，用手捧着肚子，她昏乱地、痛楚地狂喊：

"不！不！不！孩子！不可以这样……孩子，我要你，我要你了……求求你，不要离开我！不要不要……"

喊完，她就晕过去了。

当医院通知子默的时候，刚好"一奇三怪"都在，大家听说子璇在医院急救室，全都吓傻了。弄不清楚子璇到底怎样了。跳上了马车，大伙儿就全赶到了医院。

子璇已经从急救室里推出来了，脸色苍白，形容憔悴，发丝凌乱，眼神焦灼。医生紧跟在病床后面，对子默等人安慰地说：

"我已经给她打了安胎针！这一跤摔得真是危险！不过，这并不是表示胎儿已经保住了，还要住几天医院，观察观察，如果不流产，才算安全过关！现在，赶快去办住院手续吧！"

子默目瞪口呆，惊愕无比地去看子璇。子璇在枕上掉着泪，神色恓惶，用充满歉疚，充满悔恨，充满自责，充满哀求的语气说：

"哥，我错了！我知道我错了！孩子是老天赐给我的，我要他！我真的要他了！帮助我，请你帮助我，求求医生帮我保住他！我不能失去他……不能失去他……"她哭了起来。

"镇定一点！勇敢一点！"医生拍拍她，"孩子还在，没有掉，只要你肯好好休养，不要再摔跤……我们会尽全力，保住你的孩子！"

子默仍然怔着，太吃惊了，太意外了。瞪着子璇那张衰弱苍白的脸，他心中绞痛，这样的子璇，实在太陌生了！他还来不及表示什么。钟舒奇已经像大梦初觉般，又惊又喜地开了口：

"子璇，你怀孕了？你怀孕了？"他扑上前去，紧握着子璇的手，掉头看子默，"子默，这是好消息，是不是？你放心，一切我都会负责的！"

子默更加傻住了，那"三怪"也傻住了，彼此看来看去，完全搞不清楚状况。

第二天，谷玉农就赶到了医院里。

子璇住的是特等病房，有两间，外面是会客室，里面是卧室，玉农冲进会客室的时候，子默和钟舒奇都在。

"子璇呢？子璇……"他往卧室就冲。

"你不要去吵她！"钟舒奇一把挡住了他，"她现在需要好好静养！"

"她怀孕了！"玉农兴奋地大叫着，"我听致文说她怀孕了！我要见她呀！"

钟舒奇面色一正，诚恳地说：

"对！她怀孕了！所以我们很快就要结婚了！请你以一个'朋友'的立场来祝福我们吧！"

"什么？"谷玉农暴跳了起来，"孩子是我的，你跟她结什么婚？我是她的丈夫，什么'朋友的立场'！"

"孩子是你的？"钟舒奇气得脸发青，"你做梦吗？你跟她的婚姻关系早就结束了！这也是我要跟你特别强调的！你和她离的婚是绝对算数的！你们之间的事，已经统统都过去了！你以后不要动不动就心血来潮，说什么丈夫老婆的了！我是孩子的爹，这点才是最重要的，懂了吗？"

谷玉农瞪大眼睛，一瞬也不瞬地盯着钟舒奇看，越看就越生气，越看就越火大。

"原来，你这个狗东西！居然敢占子璇的便宜！你混蛋！"他揪住了舒奇的衣服，想要揍他，"你怎么可以乘人之危！你卑鄙！"

"你无赖！"钟舒奇也吼了起来，"结了婚不好好珍惜，离了婚又死不认账！连我和子璇的孩子你都要来抢！”

"什么叫抢？本来就是我的！"

两个人剑拔弩张，眼看就要打起来。子默实在看不下去了，往两个人中间一站，奋力地隔开两个人，他又生气又失望地嚷着：

"你们两个够了没有？这儿好歹是医院，吵出去给人听了，像话不像话？住口！都给我住口！"

谷玉农和钟舒奇，虽然被扯开了，两人仍然彼此恶狠狠地瞪着对方，摩拳擦掌，咬牙切齿，似乎都恨不得要把对方吞进肚子里去。子默把两个人都往门外推去：

"你们先走！谁都不许再吵！这件事，只有子璇说了才算数！我要先问问清楚！"

"我也要去问！"谷玉农说。不肯走。

"我也要去问！"钟舒奇说。也不肯走。

"你们谁都不许去问！"子默气疯了，"好好，你们在这儿等着，我去问！"

子默进到病房，看见子璇靠在床上的枕头堆里，对着窗外默默地出神，显然，外面的一番争执，她全听到了。她脸上有种孤傲的冷漠，好像外面的争执，与她毫无关系似的。她的脸色依旧苍白，眼神却很深邃。

"你听到了吗？"子默强抑着怒气，问，"子璇，你怎么弄到这个地步？孩子到底是谁的？你说！"

她紧抿着嘴，半晌，才说：

"不知道！"

"不知道？"子默真想给她一个耳光，又强行压抑住了，"你堕落了！你这样不爱惜自己，你真让我太失望了！你以为这就是开放？就是前卫吗？你如此不自爱，你叫别人怎么爱你？"

子璇震动了一下，脸色更加苍白了。

"孩子……不是他们的！"她轻声说。

"那么，"子默走过去，抓住了她的肩膀，强迫她面对着自己，低声问，"是梅若鸿的？你告诉了他没有？他不承认吗？他不要吗？你说话呀……说话呀……"

她的眼神更加深邃了，像海一般，深不见底。

"孩子……不是任何人的，他是我的！是我一个人的！我没有要任何人对他负责任！我自己会对他负责任！"

子默深深地看着子璇，他懂了，就算他是白痴，他也知道谁是孩子的父亲了！他放开了子璇，走出房间。客厅里，谷玉农和钟舒奇拦了过来，用充满希望的眼光望着他，急急地追问着：

"她怎么说？她怎么说？"

"她说——"他咬了咬牙，抬头看着两个人，"孩子是她一个人的，她不要你们任何一个来负责！"他吸了口气，又难过、又伤感，顿了顿，才恳切地对两人再说，"假若你们两个都爱她，在这个时刻，就不要再去追问，再去折磨她，让她好好休息，等她休息够了，身体好了，我们再来研究这事要怎么办。暂时，你们看在我的面子上，看在子璇那衰弱的情况下，不要再争执，不要再吵闹了！"

谷玉农和钟舒奇都纳闷着，困惑着，也都若有所失。彼此再互看了一眼，就都像泄了气的皮球般瘫下去了，无力再争执什么了。

这天下午，子默到了水云间。

若鸿和芊芊，正忙着把装好框的画，做最后的整理。画展只剩下三天就要举行了。还有好多事没有办，两人都忙得团团转。当子默出现的时候，若鸿在震惊之余，立即就热情洋溢了。他兴奋地喊：

"子默！你知道我要开画展的事了，是吗？你肯来看我，就是给我最大的鼓励了！这表示，你对我前嫌尽释了！是不是？"

子默强压着怒火，看了芊芊一眼，走到若鸿面前。

"走！我有话要问你！我们出去谈！"

若鸿一怔，看到子默满脸寒霜，他的热情被扑灭了，笑容一收，他僵了僵说：

"那……你就问吧！"

子默再看芊芊一眼。心中依然为芊芊而痛楚着，脸色更难看了。芊芊觉得不太对劲，对子默怯怯地回了一瞥，急促而不安地说：

"子默，你要我回避是吗？"

"你要问就问呀！不必忌讳芊芊！"若鸿见子默和芊芊看来看去，心里颇不是滋味，"我跟芊芊之间，没有秘密！"

子默震动了，更是怒火中烧，一发而不可止。

"好！很好！没有秘密！那么我就当了她的面谈吧！子璇怀孕了！你是知道还是不知道，你预备怎么办？"

当的一声，芊芊手中的一个钉钟，掉到一张画框上，把玻璃打得粉碎。若鸿一惊，急忙对芊芊吼：

"当心我的画！"

子默一把揪住了若鸿的衣襟，把他推得抵在墙上，他瞪着若鸿，眼中几乎喷出火来。咬牙切齿地，他不相信地问：

"我告诉你子璇怀孕了，而你只关心你的画？"

若鸿心慌意乱地看着子默，脑中紊乱极了。

"子璇怀孕了？啊？怎么回事？怎么回事……"

"怎么回事？"子默怒吼着，"我就是要来问你，是怎么回事！你这个敢做不敢当的伪君子！你这个小人！你这个不负责任的混蛋！我恨不得一刀把你杀了……"

芊芊的心，蓦然间被撕扯成了碎片。她张大眼睛，痛楚地看着若鸿，什么都明白了。

"原来，那天子璇来，就是要告诉你……但她没有机会开口，原来……是这样……"

"子璇来过？"子默更加肯定了，"子璇果真来过？你不过问、不帮忙，让她一个人走投无路……害她又摔跤、又住院！你还有一点点人性吗？"

"我不知道啊！"若鸿痛苦地说，"她什么都没说，我真的一点都不知道啊……怎么摔跤、怎么住院，她受伤了吗？"

"如果你想知道孩子是不是掉了，让我坦白告诉你，没有掉！孩子命大，会来到这个人间，向你讨债……"

芊芊眼泪扑簌簌一掉，痛喊着说：

"若鸿！不要让我轻视你！孩子是你的，你就不能赖呀！否则，你要子璇怎么办？你跟子璇，已经好到这个地步，你从来没有告诉过我！我……我真后悔呀！"

芊芊喊完，就哭着跑掉了。

"芊芊！芊芊！"若鸿着急地大喊，但，子默揪着他的衣襟，他无法动弹。

"你敢去！"子默把他再一推，推在墙上，"这个节骨眼了，你还敢撇下子璇追芊芊去？"

"子默！"若鸿迎视着子默那燃烧般的视线，"我无可奈何啊！我现在只能忠于一份感情，一个女人！我无法使两个女人都幸福快乐，我已经为了芊芊而伤害了子璇，现在你要我再为子璇而伤害芊芊吗？即使我愿意为了那个孩子而娶子璇，你认为，这不是对子璇的侮辱吗？"

"你……你……"子默被他的话堵住了口，一时间，竟答不出话来。心里的怒火，更是如火燎原般地燃烧起来。他忍无可忍，就一拳对他挥了过去。

若鸿被这一拳，打得踉跄后退，摔倒在地上，一屁股就坐在一幅刚装好框的画上面。

"画！我的画！"若鸿情不自禁地叫着，弹起了身子。

子默瞪大了眼，简直不相信自己的耳朵。

"到现在，你的眼中、心中，还是只有你的画！哼！我真是看透了你！你这么自私，怎么值得如此美好的两个女人，为你付出？"

"子默，我保证，等我忙完了画展……"若鸿焦头烂额，狼狈不堪地说，"我会来解决这件事……"

　　"不必了！"子默大声说，走过去，对着一张画，狠狠地踹了一脚，"画展？画展？祝你的画展，空前成功！"

　　他掉转头，大踏步地冲出了房间。

第
十
四
章

芊芊哭了一夜，左思右想之后，她依然原谅了若鸿。第一点，是因为自己又文身又跳楼，闹得如此轰轰烈烈地跟定了若鸿，似乎已无回头路，不原谅他又能怎样？第二点，若鸿和子璇的事，据若鸿说，是发生在自己去上海的时候，一个刚离婚，一个正失意，就这样"互相慰藉"了。说起来似乎也情有可原。第三点，画展马上要开始了，这是梅若鸿挣扎半生，好不容易才有的一天，她实在不想把它弄砸，何况，诸事待办，他们都没有时间再用来吵架闹别扭。第四点，杜世全对梅若鸿已经有那么多的不满，她千辛万苦，只想扭转父母对若鸿的印象，这件事还不能让父母知道，以免罪加一等。第五点，若鸿太会说话，又有那么一对深情的眼睛！瞅着她，带着歉意和罪疚，他不住地说：

"是我错，都是我的错！我没办法为自己讲任何脱罪的话，总之是我把持不住！是我不好！但是，芊芊，支持我！

每次我快要倒下去的时候，你都会支持我！每次我闯了祸，你都会包容我！芊芊，无论我以前有多少不良记录，你一定要相信我，你是我今生的最爱！原谅我吧，不要在此时此刻，弃我而去！如果你唾弃了我，我就什么都没有了！"

"但是，我害怕了！"芊芊哭着说，"你还有什么事情是我不知道的呢？它们会不会像海浪一样，一波接一波地扑过来呢？我真的承受不住呀！"

若鸿震动着，蓦然间，心中翻滚着一个名字：翠屏。说出来吧！干脆把翠屏的事也说出来吧！但是，翠屏已是前生的事了，十年，是好漫长的岁月，十年前，自己只是个十五岁的小孩子！他怔怔地看着芊芊，见她哭得梨花带雨，不禁心中抽痛。不不！不能再给她负担，不能再给她打击了。让翠屏成为自己永久的秘密吧。于是，他诚挚地说：

"不会了！请你原谅我！让我们一起来面对现在的难题吧，好不好？好不好？"

她愁肠百结，仍然不能不爱他，不能不原谅他。

画展开幕的前一晚，芊芊和若鸿去医院里看了子璇。

短短几日之间，子璇的心情，已有彻底的改变。

从千方百计要拿掉孩子，到全心全意要留住孩子，这刹那间的转变，把子璇带进了一个全新的境界。她这才明白，在自己内心深处，竟有一种爱与期盼，超越了男女之情，超越了对自由的向往，对无拘无束生活的渴求。她宁愿被束缚，宁愿被套牢，她要这个孩子！这份"要"，比她要任何东西或感情都来得强烈。因而，当医生告诉她，胎儿保住了的时候，她的狂喜和感恩，简直无法形容。她不再自怜了，她不再沮丧了。对于自己和若鸿那段情，已变得云淡风轻了。她，重新"活"过来了。活出另一种自信，另一番天地！

因而，当芊芊和若鸿来的时候，看到的是一个全新的子璇。她满足地靠在一大堆枕头里，脸上是一片光明与祥和。谷玉农和钟舒奇都在旁边陪着她。子默刚好不在。看到了若鸿和芊芊，谷玉农急忙忙地报告：

"你们知道吗？我快做爸爸了！"

钟舒奇双手一握拳，气得不得了：

"真是莫名其妙！一定要说我的孩子是他的……"

"玉农！舒奇！"子璇在床上清清脆脆地喊，"你们两个要是再吵这个，我就一辈子不理你们了，我说得到就做得到，你们要不要赌？"

钟舒奇和谷玉农全都住了口。若鸿和芊芊面面相觑，简直不知道是怎么回事。然后，子璇把钟舒奇和谷玉农都关在外间，就伸手握住了芊芊的手，温柔地看着她，温柔地开了口：

"芊芊，不管我们之间有什么过节，或是什么心病，都已经过去了！你看我，又活得好有自信，好有希望了！让我们之间的不愉快，都烟消云散了吧！"

芊芊太感动了，太意外了，想说什么，话未出口，泪水立即就冲进了眼眶。子璇立刻把她拉入怀里，双双一拥，千言万语，尽在不言中。若鸿站在一边，更是惭愧负疚得无法言语。好半晌，子璇推开芊芊，抬眼看看若鸿：

"若鸿，你好好保护芊芊，如果有一天，你伤害了她，我和你是无了无休的！"

若鸿拼命点头。

"你们放心！"子璇再说，声音温柔而坚定，"孩子是我的，是我自己一个人的，我会为了他而坚强，为了他而独立！没有人要你们承担什么，你们不必自己给自己揽责任！换言之，"她盯着若鸿，清晰地说，"梅若鸿，孩子不是你的！"

若鸿震动着，芊芊也震动着，两人呆呆地站在床前，都不知道该说什么才好。然后，子璇欢快地叫了起来：

"好了！你们两个，还不快去忙画展，在这儿耽误时间干什么？快去吧！若鸿！祝你画展成功！我可能无法去画展帮忙了，因为医生一定要我卧床休息！"

若鸿再也没有料到，子璇就这样放过了他。看着子璇那张虽憔悴，却焕发着光彩的脸庞，想着她体内那个孩子——大约是自己的孩子——他心中真是一团混乱，五味杂陈，简直不知道是怎样的感觉。芊芊又紧拥了一下子璇，就和若鸿走出了医院。他们在杭州市的夜空下，默默地走了好长的一段路，然后，芊芊说：

"这样的奇女子，要不爱她，也难！是吗？"

若鸿不敢接口，怕接任何话都是错的。他握紧了芊芊的手，默默地走着，心里激荡着对子璇的敬佩，对芊芊的热爱。

画展如期举行了。

杜世全调了公司里的职员，来画廊里帮忙签名、招待、订画、买画……诸多杂事。开幕第一天，杜世全和意莲，带着小葳、素卿全都到场，待了整整一天。这天的参观者还算踊跃，画廊里很少冷场。芊芊和若鸿都很紧张，一忽儿在门口张望，一忽儿又到人群中打招呼。芊芊忙里忙外，连端饮料送茶水，都亲自去做。若鸿经常陪着些艺坛怪人看画，聆听各种批评，脸上常常浮着"不以为然"的神情。素卿只关心有没有人买画，不住去问会计小姐：

"卖掉几张了？"

会计小姐只是摇摇头。小葳东跑西跑，对每幅画都很崇拜，不住口地说：

"若鸿哥哥画得好棒！我以后也要做个画家！"

世全神色大变，对着他的脑袋就敲了一记：

"一个梅若鸿，你老爹爹我已经受不了了，如果再加一个你，你干脆要了我这条老命算了！"

一整天下来，大家都腰酸背痛，舌燥唇干，累得要命。画，没有卖出一张。杜世全有些纳闷，芊芊说：

"这才第一天呢！咱们又没有宣传！等到一传十，十传百，来参观的人会越来越多的！"

"怎么没有人买画？"经济挂帅的杜世全忍不住问。

"不要那么现实嘛，"芊芊说，"艺术的价值，本不在金钱，而在有没有人欣赏！艺术到底不是商品！"

"哦？"杜世全有点儿"呕"，"那么，在每幅画下面标价是干什么的？不就是已经'自定身价'了吗？既已经定价要卖，不是商品是什么？"

"伯父说得对！"若鸿闷闷地说，"真正好的艺术品，不

129

但要有人欣赏，还要能引起收藏家出高价收藏！唱高调是没有用的，毕加索的画是有价的，梵高、高更、雷诺阿……哪一个的画不是价值连城？我……"他有些泄气了。

"你们都太患得患失了吧！"意莲说，"这才第一天呢！展期有十天，慢慢瞧嘛！"

第二天，参观的人减少了一半，画依旧没有卖出。然后就每况愈下，人一天比一天少，展览会场冷冷落落，几个从四海调来的职员，闲闲散散地都没有事情做。第五天，子默带着"一奇三怪"，都来参观画展，引起若鸿和芊芊一阵惊喜。子默的脸色依旧很难看，对若鸿和芊芊都爱理不理，似乎是纯粹为了"看画"来的。若鸿却兴奋得不得了，热情地陪着子默看画，震动莫名地说：

"子默，这个画展，已经算是失败了！但是，你和画会的人能来，对我的意义太大了！你，毕竟是个重感情，够朋友的人啊！"

"不要把'朋友'和'画画'混为一谈！"子默的语气，冷如寒冰，"我不是来交朋友的！我是来看画的！"

若鸿碰了一鼻子灰，但他依然忍耐着，热切地观察着子默看画的神情。"一奇三怪"倒都是热情地、由衷地赞美着，惊叹着。都说"士别三日，刮目相看"。这些赞美和惊叹，使若鸿也生出些许安慰来。子默把画展每张画都仔细地看完了，他对若鸿点了点头，深吸了口气说：

"你的确是个奇才！我曾经预言，不出五年，你会独领画坛风骚，如今看来，用不着五年了！"

若鸿大喜，芊芊也笑了。

"你真的这样认为？不是在安慰我？"若鸿问。

"安慰你？"子默冷哼了一声，"我有什么义务要安慰你？我恨你入骨，不曾减轻一丝一毫！"他咬咬牙，"但是，我还是不得不诚实地说，你的才气使我震撼！尤其是《奔》《破晓》《沉思的女孩》和《不悔》那几张……都是神来之笔！几乎让我嫉妒！"

说完，他掉转头，就大踏步地离去了。

若鸿又震动，又兴奋，久久不能自已，抓住芊芊说：

"芊芊！你听到没有？子默说我画得好！他的话一向举足轻重，他的鉴赏力是第一流的！有了他这些话，我多日来的沮丧，都减轻了不少！"

"不要沮丧！"芊芊永远在给他打气，"画展还有五六天呢！能再遇到几个像子默这样的知音，你就不枉开这次画展了！"

再过了两天，画展更形冷落了。不但没有赞美的声音，杭州的艺术报上，还有一段评论家的评论：

"梅若鸿试图把国画与西画，熔于一炉，可惜手法青涩生嫩，处处流露斧凿的痕迹。加以用色强烈，取材大胆，委实与人哗众取宠之感，综观梅氏所有作品，任性挥洒，主题不明，既收不到视觉上的惊喜，也无玩赏后的乐趣，令人失望之至！"

杜世全灰心极了，把报纸摔在桌上，懊恼地说：

"早知道这样，还不如不要开这个画展好！没一句褒奖的话，全是毁损，这不是让人看笑话吗？"

若鸿到了这个地步，终于知道，这个画展是彻底失败了。子默的赞美也无济于事了。他被这么严重的挫败打击得心灰意冷，壮志全消了。再也不愿意待在画廊，他只想逃回水云间里，去躲起来。他对芊芊说：

"画坛不缺我这个人，没有梅若鸿，画坛还是生机蓬勃，佳作不断！我这个人简直是多余的……可是，像我这样一个人，我不画画，还能做什么呢？"

"不要灰心嘛！"芊芊追着他说，"再等等看，说不定会有奇迹发生！"

"艺术要靠实力，要得人赏识，要能获得大众的共鸣，如果要靠'奇迹'，那也太悲哀了！我不等了！我回去了！我终于认清了自己！"

他走了。回到水云间里，对窗外那"一湖烟雨一湖风"发着呆，沉思着自我的渺小与无能。

画展到了最后一天。忽然间，奇迹真的出现了。有个西装笔挺的中年男子，带着十几个职员进来看画，中年男子每看一张就点头，他一点头，后面十几个职员也跟着点头。他一说"好"，十几个职员就跟着说"好"。整个一圈画展看完了，他一口气买下了二十幅画！他对芊芊说：

"我是日本三太株式会社的副会长，我姓贾！我喜欢梅若鸿的画，他的画有风格，有特色！我们在杭州兴建了一个国际大旅社，需要很多的画！所以，一口气订下他二十张画！"

不曾讲价，不曾打折。因为已是画展最后一天，他把画当场带走，爽气地付了现款，总数竟有两百块钱！

芊芊简直不相信这个事实，太意外了。想了想，觉得事有可疑。哪里会有这样的事呢？一定是父亲可怜若鸿的失败，才导演了这样一幕！这样想着，她就先奔回家去问杜世全。杜世全满面惊愕，愣愣地说：

"有人来买了他二十幅画？二十幅吗？这人是疯子还是傻瓜呢？你在说笑话吧？"

芊芊把两百块钱放在杜世全面前，这下，杜世全眉飞色舞了起来，掩饰不住心中的喜悦：

"哈！梅若鸿这小子，随便涂几笔，居然可以卖两百块！怪不得他不肯坐办公厅了！"

芊芊察言观色，知道杜世全确实不曾导演这件事，这一下，喜上眉梢，再也无法控制自己。她反身就奔出了家门，一直奔到了水云间。

"若鸿！若鸿！你成功了！成功了！"芊芊拉着若鸿的手，又笑又叫又跳又转，"你的画卖出去了！二十幅！二十幅呀！《破晓》《奔》《云影》《不悔》……都卖掉了！卖了两百块钱呀……"

若鸿被她转得头昏脑涨，伸出手去，他摸摸她的前额："没发烧呀！怎么会说胡话呢？"

"真的，真的啊！"芊芊大叫着，"我没开你的玩笑，也不是在安慰你，这是千真万确的事实呀！是日本三太株式会社买去的！那社长说你的画有风格、有特色，他喜欢，他太喜欢了！"

"不可能的！"若鸿屏息地说，"不可能有这种好事，会降临到我这个倒霉蛋头上来的……"

"你看！你看，这儿是两百块钱……"芊芊摇着他、推着他，"你看呀！我已经回家问过爹爹了，因为我也有点不相信呀，生怕是爹安排的！但是，不是爹，是你的实力呀，终于有人慧眼识英雄了！"

若鸿有了真实感了，瞪着那沓钞票，再瞪着芊芊。他足足有好几分钟，无法动弹。然后，他猝然间大叫了一声：

"皇天不负苦心人！"

叫完，他一下子就把芊芊抱了起来，在房间猛转着圈子，一边转着，一边大笑着说：

"真有这样一个疯子，来买我二十幅画？我是画画疯子，他是买画疯子啊！他真是我的知音呀！管他是什么三太四太，是什么中国人日本人，我交了这个朋友！我交定了这个朋友！"他放下芊芊，喘着气，眼里闪闪发光，"我不要寂寞了，我不孤独了！我是得天独厚的天之骄子呀！有了画画，有了知音，又有了芊芊，我的人生，实在太美妙了！"

芊芊被他这样的狂喜感染着，简直说不出有多么欢喜。她拼命点着头，眼中充满了苦尽甘来的泪水。

第十五章

这天晚上，杜家大宴宾客，席开四桌，为了庆祝若鸿画展的成功。

杜世全最亲近的亲友们来了，四海曾同事过或帮忙过的人来了，"一奇三怪"来了之外，还把谷玉农也带来了……一时间，杜家热热闹闹，亲友们恭喜之声不绝于耳。福嫂、老朱、大顺、永贵、春兰、秋桂等仆佣，穿梭于众宾客之间，送茶送水，忙得不亦乐乎。

若鸿和芊芊，都盛装与会，若鸿穿着他最正式的长衫，看起来也风度翩翩。芊芊穿着件紫色碎花的上衣，紫色百褶裙，像一朵空谷中的幽兰。两人都喜上眉梢，容光焕发地周旋在宾客间。众宾客几乎都知道"文身""坠楼"等事，对他俩更加注目。两人心中都洋溢着喜悦，唯一的遗憾，是子璇和子默仍然没有参加。子璇是身体尚未康复，仍在休养中，但她托钟舒奇带来了她的祝贺。子默连祝福都没有，想来，他的"积恨"仍然难消。

酒过三巡，气氛好得不得了。大家又闹酒，又划拳，又干杯，又簇拥着杜世全，要他"讲几句话"。杜世全已喝得脸红红的，笑容满溢在眼底唇边。他举杯说：

"我只懂得船，这个画，我是不懂的！居然有那么多人参观，还有人出高价收藏，这实在是……哈哈！应该算是成功的画展了吧！总之，若鸿还年轻嘛！来日方长，希望他百尺竿头，更进一步！"

大家又鼓掌又叫好，这样短短几句话，已经表现出杜世全对若鸿的"承认"，大家就更围绕着若鸿和芊芊，发疯般地闹起酒来。梅若鸿几杯下肚，就已经轻飘飘地，整个人都被欢欣和喜悦所涨满了，太高兴了，他站起来，就向大家举杯：

"谢谢你们大家，谢谢伯父，谢谢芊芊，谢谢醉马画会，谢谢！谢谢！谢谢！没有你们的支持和爱护，就没有今天的梅若鸿！我太激动了，太感激了！画画，是我从小的梦，这许多年来，画得非常艰苦，可是，现在，所有的泪水汗水，都化为喜悦和满足了！一个画画的，最重要的是要得到赏识和肯定，哪怕只有一个人也够了！我要敬三太株式会社的贾社长，可惜他已回日本，不能来参加宴会！我要敬伯父伯母、芊芊、醉马画会，我要敬每一个每一个人！"

大家又疯狂般地鼓起掌来，若鸿倒满酒杯，真的一一去敬。"一奇三怪"更是抓住他不放，猛灌他酒，有的说"嫉妒"，有的说"羡慕"，有的说"又嫉妒又羡慕"……闹了个没完没了。大家嘻嘻哈哈，喜气洋洋，真是欢乐极了。

就在这一团欢乐中，永贵忽然急步跑进客厅，对世全紧张地报告说：

"门外，汪子默先生带着两个人来了，他们推了一辆大板车，车上全是画，已经进了院子，汪先生说要找若鸿少爷！"

"子默？"若鸿一惊，酒醒了一半，立即就眉飞色舞了，"他来了！他还是赶来了！我就知道嘛，知音如子默，怎么可能不理我……"说着，他就放下酒杯，奔到外面庭院里去了。

"可是，老爷！"永贵不安地说，"那辆板车上，好像就是若鸿少爷卖掉的画！"当的一声，芊芊手上酒杯，摔碎在桌子上。她跳起身子，追了出去。这样一追，所有的人都觉得不对劲了，"一奇三怪"和谷玉农，全都跑了出去。杜世全、意莲、素卿、小葳跟着跑出去，然后，所有的宾客都跑出去了。

庭院中，子默昂首伫立，脸色阴沉。在他身后，两个随从推着一辆大板车等候着。

"子默，"若鸿有些惊疑了，"你……你……你是不是来参加宴会？"

"哼！"子默冷哼了一声，大声说，"梅若鸿，你认得这些画吗？"

子默抢过板车把手来，把那一车子画，全体倾倒了出来。一阵乒乒乓乓，画框一个接一个滚落于地，玻璃纷纷打碎。若鸿惊呼着：

"是我的画！怎么？是……我的画！"

子默把板车甩得老远，说：

"是的！你的画！现在，你该明白了，是谁一口气买了你二十幅画？"

"是谁？是三太株式会社……"若鸿说不下去了，酒意全消，脸色倏然间，变得比纸还白。一阵寒意，从脚底上升，迅速窜入他的四肢百骸，他发起抖来："不是你，不是你……我不相信……"

"就是我！"子默大声地说，"哈哈哈！画是我买的，人是我请去的，贾先生就是假先生，什么三太株式会社，在哪里？你看看这些画。"他一幅幅举起来："《奔》《沉思的女孩》《破晓》《不悔》……"他再一幅幅丢进画堆里。

"我的画！真的是我的画！"若鸿忍不住要上前去。

"站住！"子默大喝，声如洪钟，"你的画，我花钱买下来了，现在是我的画了！"他跨前一步，用手指着若鸿的鼻子，痛斥着说："你这个人，交朋友为了你的画，谈恋爱为了你的画。为了画画，你可以把友谊、爱情、责任、道义一齐抛下！我自有生以来，没有见过比你更自私、更无情的男人！我终于彻彻底底把你看透了！人生，已经没有任何事可以教你心痛的了！除非是……"

他停住了，从随从手中，接过一瓶煤油，就把那瓶煤油迅速地倾倒在画堆上。嘴里大声说：

"烧掉你的画！"

若鸿拔脚冲上前去，狂叫着说：

"子默……子默……不要……"

话未说完，子默已划燃一根火柴，丢进画里。轰的一声，火焰立刻蹿了起来，迅速地熊熊烧起。画框全是木制，噼里啪啦，烧得非常快，火焰蹿升得好高好高，把庭院照射出一片红光。夜色中，令人触目惊心。

整个庭院里的人全惊吓万分。一时间，叫的叫，跑的跑，躲避火焰的躲避火焰，要救火的要救火，大家乱成一团。

若鸿没命地冲上前去，不顾那熊熊大火，他抓起一张画，但被烫伤了，只好丢下，又去抓另一张，又被烫到了，再丢下，他再去抓一张，又去抓一张……火光映着他凄厉的脸，照红了他的眼睛，他的头发披散了，眼神昏乱，脚步踉跄，像一个中了几万支箭犹不肯倒地的疯子。

"若鸿！"芊芊飞扑上去，抓住若鸿的手，奋力地摇着，惨叫着，"你的手！你的手！你的手会烧伤呀！放手呀！放手呀……若鸿！"

"救火！"钟舒奇喊，"别让火烧到了房子……"

"永贵！大顺！"杜世全喊，"拿水来救火！快！"

"大家来救画呀！"叶鸣大喊。

陆秀山、钟舒奇、叶鸣、沈致文全冲上前去，想要救画，但火势非常猛烈，大家根本无法接近。

混乱中，老朱、大顺已带着众家丁，提着水奔过来，一桶桶水对画浇了上去。水与火一接触，一股股白烟冒了出来，嗤嗤作响。蒸腾的热气，逼得众人更往后退。芊芊死命摇着若鸿的手，终于甩掉了他手中一张燃烧着的画，水立刻淋上去，画与画框，全化为焦炭。

片刻之后，火势终被扑灭。那二十张画，全部变成焦木和残骸，兀自在那儿冒着烟，时时爆裂出一两声声响。四周的空气，沉寂得可怕，宾客们围了过来，个个惊魂未定，见所未见，都震惊已极地呆看着这一幕。

若鸿凝视着地上的焦木残骸，整个人似乎也变成了焦木残骸，好半天，他不言也不语。然后他晕眩地、踉跄地跌坐在那堆焦炭之前，用双手紧紧抱住自己的头，喉中干号着："呦，呦，呦……"像一只被宰割的动物，正耗尽生命中最后一滴血。这惨厉的声音，使芊芊心魂俱碎，她扑跪上前，抱着他的头，凄声狂喊：

"不要这样！不要这样！若鸿啊……"

钟舒奇笔直地对子默走过去，双手握拳。

"子默，你太过分了！"

"过分？"子默冷冷地说，看着在地上干号的若鸿，"梅若鸿！你痛苦了？你也知道什么叫痛苦了？回想一下你所加诸在别人身上的痛苦，那么你现在所承受的，实在是微不足道！"

芊芊抬头，恨极地瞪向子默。然后，她跳起身子，就发狂般地扑向子默，疯狂地去捶他，打他，踹他，哭喊着说：

"你怎么可以做这样的事？怎么可以？你太可怕了！你简直比魔鬼还邪恶……你不知道若鸿是那样敬爱你，那样崇拜你，你的一句赞美就可让他升上了天啊！你说他画得好，他就快乐得像个孩子似的！他是那么重视你的友谊啊……你居然用一把火烧掉了他所有的画！你不只是烧他的画，你是烧掉他的生命啊！你怎能做这么残忍的事？你怎么做得出来呀……"

子默推开了芊芊，后退了一步，大声地说：

"我确实做了件残忍的事！但是，梅若鸿做了多少件残忍的事，他甚至连感觉都没有！"

说完，他掉头离去，两个随从，也紧跟而去。

杜世全看到这儿，颓丧、失望和惊愕，已使他无法承受。哀叹了一声，他脚步不稳地走回大厅里去。意莲和素卿紧跟着他，他倒进了椅子里，用一种不可思议的神情，呻吟着说：

"原来不是什么富商买他的画……原来只是他的好朋友买了他的画，买他的画，不是为了爱他的画，是为了烧他的画……唉唉！我不懂，这个世界，我已经完全跟不上了！可以为恋爱文身跳楼，可以为报复买画烧画……我被他们打败了……我输了！我输了！"

夜深了。

若鸿一直坐在那堆灰烬前面，用手抱着头，动也不肯动。宾客们都叹息着一一散去。围绕着若鸿的，是"一奇三怪"、谷玉农和芊芊。他们想劝他进屋去，劝他治疗一下手上的烫伤，但他不肯移动身子，也不肯让人看他的手。永贵请了大夫来，他坐在那儿，就是不肯动，大夫才碰到他的肩，他就嘶吼地号叫起来：

"走开！不要碰我！谁都不要碰我！不要！不要！……"

芊芊心碎神伤，五内俱焚。她扑了过去，推开大夫，用力摇撼着若鸿，泪如雨下，一边哭着，一边大喊出声：

"你活着，为了画画！你的生命，为了画画！即使我这么强烈的感情，都不曾动摇过你画画的意志！但是，画画不能缺的，是你的狂热，你的眼睛，你的手……现在，你不让大夫治疗你的手，你预备废掉这双手吗？你预备一生不再画画吗？以前爹要废掉你的手，我不惜从楼上跳下来阻止，你忘了吗？"她哭着，用力去拉他的手腕，"起来！起来！我不许你这样子！我不许你停止画画，我不许你废掉这双手……我不许你放弃，从此，你的画画已不是你一个人的事，也是我的事！"她用尽全力，竟将他的手拉了下来，"为了我，你一定要继续画下去！为了我，你一定不能被子默打倒！为了我，你一定要振作起来，为了我，你一定要珍惜自己！"

这一番摧肝裂胆的呼唤，终于撼动了若鸿。他的手终于松开了，伸出手掌去，让大夫治疗。他的两只手都惨不忍睹，又红又肿，起了水泡。大夫急忙给他上药、包扎。片刻以后，他的两只手都缠上纱布，裹得厚厚的。大夫又开了口服的药，叮嘱了一大堆该注意的事项。然后，大夫走了。意莲吩咐着说：

"我把客房整理出来，让若鸿养伤，这个样子，是不能回去了。"

但是，若鸿挣扎着站了起来，身子摇摇晃晃的。钟舒奇、叶鸣等人急忙扶住。若鸿挣开了众人，萧索地站着，眼光直直地看着前方。

"我要回水云间去！"他简短地说。

"何苦呢？到了水云间，煎药也不方便，换药也不方便……弄点吃的也不方便……"叶鸣劝着说。

"我要回水云间去！"他重复地说。

"好吧！"沈致文说，"我们送你回水云间去！"

大家都去扶他，若鸿手一拦，大声说：

"谁都不要跟着我，我自己回去！"

说着，他就歪歪倒倒地，脚步蹒跚地往大门口走。

"你也不要我跟着你吗？"芊芊有力地问，"太晚了！我跟着你已经跟出习惯了！当全世界的人都遗弃你的时候，我跟着你，当你要遗弃全世界的时候，我也跟着你！"

于是，芊芊大步上前，扶着若鸿，坚定地走出去了。

第十六章

躺在水云间里，若鸿病倒了。

从小，若鸿就很少生病，十六岁离开家，自己一个人，流浪过大江南北，也曾远去敦煌，徒步走过沙漠……但是，他健康快活，几乎连伤风感冒都很少有。但是，这次，他病了。发着高烧，说着胡话，他有好几天都人事不知。只感到那一团熊熊的烈火，在烧炙着他每一根神经，要把他整个人烧为灰烬。在这种烧炙中，他痛，痛到内心深处，痛到骨髓里，痛到每根指尖，痛到每根纤维，痛到最后，他就放声喊叫了，但是，他的喊声，却是那样柔弱嘶哑，几乎完全没有声音。

在这段昏昏沉沉的日子里，他并不是全然没有知觉，他知道芊芊一直守候在床边，喂茶喂药，衣不解带。他知道"一奇三怪"和谷玉农都轮番前来守候探望。他知道子璇来过了，拿来好多珍贵的药材，和芊芊谈了好多话。他也知道中医西医，都曾在他床边诊视……然后，第五天早晨，他醒过来了。

芊芊坐在床边一张椅子里，上身扑在床沿上，已经倦极入睡。他注视着那张因消瘦而变得小小的脸庞和那细小的胳臂，胳臂上面，因跳楼而留下的疤痕仍然那么鲜明。他伸手想去抚摸那疤痕，才一抬手，就发现自己双手都裹得厚厚的。这双手，使他浑身迅速地通过一阵战栗，心中猛然一抽，抽得好痛好痛。这双手，把所有的回忆都带来了！宴会、子默当众烧掉的画……

他呻吟了一声，想把双手藏起来，却苦于无处可藏。这样一动，芊芊立刻醒了，她跳了起来，紧紧张张地说：

"水！水！水！我去倒水！"

她才举步，发现若鸿正凝视着她，她就停住脚步。她又惊又喜地扑过来，仔细地去看他，又去摸他的额。

"若鸿！"她小小声地喊，"谢谢天，烧已经退了！你怎样？你醒了吗？你完全清醒了吗？"

他瞪着她，深深抽了一口气，有气无力地说：

"你为什么不躲开我？你还看不出来吗？我这个人不是人，是个灾难！是个瘟疫！你快离我远一点，不要接近我，不要帮助我，让我去自生自灭！"

芊芊神色一松，竟然笑了起来。一面笑着，一面又落下泪来，她用双手把他紧紧一抱，喜悦地说：

"你醒了！听了你这几句话，就知道你没事了！谢谢天！谢谢天！"她吻着他的额，他的眉，他的眼，"你不只是灾难、是瘟疫，你还是个千年祸害！我要用我的全心全力，来保护这个祸害！现在，第一步，祸害该吃药了！"

她起身，去炉子边，熟练地把药罐里的药倒入碗内，双手捧到他面前来：

"不要再叫我远离你，逃开你！"她温柔而坚定地说，"我身上刻着你的印记，哪儿都不去了！再说，这几天，我日日夜夜守着你，我的贞洁已经跳到黄河里都洗不清了！如果你不要我，我就无处可去了！"

他瞪着她，什么话都说不出来了。

报复了之后的子默，又怎样了呢？

子默并不快乐。他的"痛快"，也像那把火，烧完了就没有了。接下来要面对的，竟是整个画会的指责，和子璇强烈又悲愤的痛骂：

"你买了他的画，你又烧了他的画！你故意造成他画展的成功，让他活在狂喜里，你再烧了他的画，让他从狂喜中一下子跌进狂悲里！你策划这件事，执行这件事……你让我心寒！你一定不是我的哥哥汪子默，你被鬼附了身，才会做这么狠毒的事！"

"对！我是被鬼附了身，那个鬼就是梅若鸿！你们现在一个个都同情若鸿，那是因为他被击倒了，变脆弱了，可怜了！你们不要忘了，'一个可怜的人，必有其可恶之处'！如果他不是如此可恶，又怎会逼得我要用这么严重的手段来报复他！"子默大声辩解着。

"你可以打他、捶他、拿刀杀他，"陆秀山嚷着，"就是不能烧他的画！我们都是画画的，都是敝帚自珍、爱画成痴的人，你这样做，比要他的命还严重！"

"若鸿有再多的不是，也罪不及死呀！"叶鸣说。

"男子汉大丈夫，有什么过节，也要坦荡荡来面对。"沈致文沉痛地喊，"你是我们的榜样，我们的大哥呀！我们尊敬你，崇拜你呀！你怎可做这么绝情、冷血，而又阴险的事呢？"

"你真要烧他的画也不要紧，"钟舒奇吼，"你就到水云间去烧！怎么可以到杜家去烧！怎么可以在杜家亲友面前去烧！你要梅若鸿以后怎样做人，怎样面对杜家的老老少少……你一丝丝尊严都不给他保留！你太狠了！"

大家你一言我一语，把子默骂得体无完肤。子默终于站起身来，愤愤地一挥手：

"是！我不给他留余地，我不给他留面子！我用最狠毒的手段来报复他！你们别忘了，他曾经是我的兄弟呀！我爱惜他更胜于爱我自己！是怎样的仇恨才会促使我做这件事？那绝不是我一个人的仇恨可以办得到的！"他瞪着子璇，"那是梅若鸿，加上芊芊，加上你！是我们四个人联手创作出来的作品！里面也有你的笔迹，你赖也赖不掉！"他顿了顿，用更有力的声音问，"难道你不曾恨他，恨得咬牙切齿吗？"

"恨是一回事，报复是另外一回事！"

"我没有你那么高贵！那么宽容！"子默说，"有仇不报非君子！"

"请问，你这个君子，是不是很快乐、很满足了呢？"

子默没有回答。

子璇叹了口长气。忽然间，悲从中来。

"子默，"她悲切地说，"我们怎会变成这样？不是没多久以前，我们还一起游湖，吃烤肉，纵酒狂欢，怎么一下子，就变成了这样？"

她这样一说，子默蓦然间泄了气，旧时往日，如在目前，他痛楚地闭了闭眼。全画会的人，都默不作声，一种凄凉的气氛，就这样慢慢地笼罩了烟雨楼。

几天后，芊芊来到烟雨楼。

她当着子璇的面，当着"一奇三怪"的面，直接走到子默面前，把那两百块钱，重重地摔在桌上。

"这两百块钱还给你！"

子默大大地震动了一下，面对芊芊，他不能不心生歉疚与不忍。

"画我买了，钱是他该得的！"他说。

"若鸿这一生，过得乱七八糟，可能得罪了很多人，欠了很多人的债，但他过得很真实！他不会计算人，也不会钩心斗角！他的画，只卖给真心的人，不卖给'假（贾）先生'！"她正气凛然地说，眼中闪闪发光，"这个钱你拿回去！它上面沾满了卑鄙的细菌，我和若鸿，根本不屑于碰它！我们就是必须去讨饭，也不会用这个钱！"

子默紧紧闭着嘴，不说话。一屋子的人都静悄悄的。

"另外我还特别要告诉你，你那把火烧掉了画，烧掉了友谊，烧掉了若鸿的自信，也烧掉了我爹对若鸿的信心和对我们的承诺!"她点点头,郑重地说下去,"是的,他又否决了若鸿,认为我跟着若鸿,只会受苦受难,要我及早回头,悬崖勒马!所以,想重新争取他的承认,已经大不可能!你瞧,你这把火,烧掉的东西还真多,你该额手称庆,你真的达到目的了!"

子默静静地看着芊芊,无言以答。

"但是,子默,你这把火也烧出了我的决心,我决心马上要嫁给若鸿了!"她转向大家,"婚礼就在明天举行!地点就在水云间!舒奇、秀山、致文、叶鸣、子璇、玉农,我诚挚地邀请你们来参加我们的婚礼!因为没有双方父母的祝福,也没有其他任何一个亲友来参加。我们的婚礼,是天为证,水为媒,假若你们来了,我们就会'很热闹'了!"

大家都惊愕了,感动了,每人脸上,都浮现着惊喜交集、激动万分的表情。大家在芊芊脸上,都看到了毅然决然,一往情深的坚定。钟舒奇迈前一步,第一个开口:

"好极了!我一定来参加婚礼!不能只让天地为证,我要做你们的证婚人,免得将来有人提异议!"

"对对对!"谷玉农居然也接了口,"这婚姻大事,不管结婚离婚,只要有这'一奇三怪'作见证,就赖都赖不掉了!"

钟舒奇对谷玉农一瞪眼。

"你以为他们还会毁婚赖账吗?我只是预防杜伯父不承认,而且,有人证婚,也正式一点!"

"那么,我当男方介绍人!"陆秀山说。

"那么,我就当女方介绍人!"沈致文说。

"我当男傧相！"叶鸣说。

"那么，我就是女傧相了！"子璇欢声说。

"那么，我当什么？我当什么？"谷玉农问，"你们不能不算我，我一定要当一个什么……对了！主婚人，我可以当主婚人吗？"

大家都笑了，子璇拍拍他说：

"主婚人是他们自己，你当不了。但是，你可以当司仪，赶快去把结婚礼节，弄弄清楚！"她拍了拍手，兴高采烈地说，"好了！各位各位，明天有隆重的婚礼，大家都去准备一下，婚礼上该有的东西，一件也不要少！"她走过去，上上下下看芊芊，绽放了一脸的笑："你的新娘礼服，就包在我身上了！我有件白纱的洋装，正好改了给你做新娘装！你会是一个最美丽的新娘，等着瞧吧！"

"可是，新郎有衣服可配吗？"谷玉农问。

大家兴奋地讨论起来了，抓着芊芊，问长问短。这个有建议，那个有主张，一时间，满屋子的人声笑声，好不热闹。只有子默，被孤零零地扔在墙角，没有一个人注意他。他不禁想起若鸿常说的两句话：冠盖满京华，斯人独憔悴。

于是，这天早上，在水云间外的青草地上，芊芊和若鸿，举行了他们别开生面的结婚典礼。

一大早，"一奇三怪"、玉农、子璇就都来了。他们把整个水云间，贴满了大红的"囍"字，把床上破旧的棉被，全换上了新的。把那顶旧蚊帐，换成了大红的新蚊帐。把墙上的字画，换上大家写的吉祥话。子璇给芊芊穿上了她准备的白纱礼服，又用玫瑰花给她做了顶花冠。钟舒奇向朋友借了一套黑西装来，强迫若鸿穿上，居然十分合身。一对新人，被众人这样一打扮，真的是郎才女貌，一对璧人。

谷玉农在篱笆院上，挂了十几串鞭炮。叶鸣、沈致文早已把一张桌子，铺上了红布，放在西湖之畔。桌上，摊着结婚证书和各人的印章。

一切就绪，子璇扶着芊芊，叶鸣陪着若鸿，站在篱笆院的一角，谷玉农大声朗诵：

"结婚典礼开始！鸣炮！"

陆秀山、沈致文、钟舒奇全跑去点爆竹。鞭炮齐燃，一阵噼里啪啦，响彻云霄。十几串鞭炮纷纷响起，此起彼落，真是热闹极了。

"奏乐！"谷玉农再喊。

众人一阵混乱，原来每个人都身兼数职。叶鸣、沈致文、钟舒奇、陆秀山、谷玉农全奔到篱笆院外面去，原来他们五个人组成了一个小型乐队，有的吹喇叭，有的击鼓，有的敲锣，有的吹唢呐，有的摇铃……奏着结婚进行曲，走到那铺着红布的桌边。

谷玉农放下乐器，继续充当司仪：

"证婚人就位！"

钟舒奇急忙就位。

"介绍人就位！"

陆秀山、沈致文也就位了。

"伴郎伴娘带新郎新娘就位！"

子璇搀着芊芊，叶鸣忙去搀着若鸿，慢慢地走到红桌子的前方。

"证婚人朗读结婚证书！"

钟舒奇拿起桌上的证书，以充满感情的声调，清晰地、有力地、郑重地念了出来：

"秋风初起，蝶舞蜂忙，山光明媚，水色潋滟，梅若鸿与杜芊芊，谨于西湖之畔，水云之间，举行结婚典礼！是前世的注定，是今生的奇缘，教你俩相识相知复相爱，愿共效于飞，缔结连理。而今而后，苦乐与共，祸福相偎，扶持以终老，相守到白头！在此谨以天地为凭，日月为鉴，并有钟舒奇、沈致文、叶鸣、陆秀山、谷玉农、汪子璇等人在场见证！"

钟舒奇念完，众人立即爆出如雷的掌声。芊芊和若鸿相对凝视，恍在梦中。

"证婚人用印！"谷玉农继续喊。

每个人都上前去，慎重地盖了章。

"新郎新娘用印！"

芊芊和若鸿也盖了章。

"新郎新娘相对一鞠躬！"

一对新人照做无误。

"新郎新娘谢证婚人一鞠躬！"

"新郎新娘谢介绍人一鞠躬！"

"新郎新娘谢男女傧相一鞠躬！"

"新郎新娘谢乐队一鞠躬！"

"礼成！鸣炮！"

证婚人、介绍人、傧相都跑去点爆竹。鞭炮再度震耳欲聋地响了起来。

"奏乐！"

证婚人、介绍人、傧相一阵忙乱，再奔去充当吹鼓手。呜哩呜哩啦啦，呜哩呜哩啦啦……

"送入洞房！"

在鞭炮声中，喜乐声中，芊芊和若鸿被簇拥着，送进了那间水云间。

远远地，子默一个人站在西湖岸边，看着这一幕。他的脸色苍白，神情寥落，看着看着，眼角，竟不由自主地滑下了一滴泪。

第十七章

芊芊和若鸿，就这样在西湖之畔、水云之间，完成了他们的婚礼，开始了他们的夫妻生活。

这个"婚礼"，使杜世全的愤怒，高涨到了无法压抑的地步。他再也没有想到，芊芊会用这样"儿戏"的方式，来处理她的终身大事。当芊芊和若鸿，去禀告他这一切的时候，他咆哮着说：

"不承认！我绝不承认你们这个婚礼！太可笑了！太荒唐了！我不可能承认，永远都不可能承认！"

"爹！"芊芊诚诚恳恳、真真切切地说，"不管你承认还是不承认，我已经是若鸿的妻子，这是铁的事实，再也无法更改了！我已经满二十岁，有选择婚姻的自由。若鸿是我的丈夫，就像你是娘的丈夫一样！你承认，我可以同时拥有父母和丈夫，我就是天下最幸福的女人了。你不承认，我就只有丈夫，没有父母了！"

杜世全瞪着芊芊，那么震动，那么痛心，那么生气，那么受伤，他一把握住芊芊的双臂，摇着她，大喊着：

　　"你为什么这样执迷不悟？你为什么完全不能体念一个做父亲的心？自从你和这个男人恋爱以后，我为你们提过多少心？扛过多少责任？收拾过多少烂摊子？我并不是不接受他，我努力要接受他，给他安排工作，给他开画展……我尽了我的全力！但是，他这个人，注定要带给人痛苦，注定要带给人悲剧！我看透了！他已经不可救药，而你，却千方百计，往这个火坑里跳！啊……我要怎样才能让你明白，我并不是盲目地在阻碍你的婚姻，我实在是要救你，免得你有一天摔得粉身碎骨！"

　　"爹！"芊芊固执地说，"你的好意我明白！但是，不管跟着若鸿，是怎样的火坑，我都已经跳下去了！请你以一颗宽宏的心，来接受我们吧！"

　　"不接受！永不接受！"杜世全指着大门，"你既然跟定了他，你就滚！我当作没有你这个女儿！滚……"

　　"不！"意莲惨叫着，"世全，你不要女儿，我还要呀……她也是我的女儿呀！"她抓着杜世全，哀求着，哭着："接受了他们吧！接受吧！"

　　"不！永不！"杜世全甩开了意莲，"从今以后，不许接济他们，不许帮助他们，让他们在外面自生自灭！谁要是私下去帮助了他们，谁就离开杜家，再也别回来！"

　　"伯父！"若鸿听不下去了，走上前去，拉住芊芊，"你放心，我不会让芊芊饿死！跟着我，或者没有绫罗绸缎、锦衣玉食，但是，快乐幸福，恩爱美满，是不会缺少的！"

"好极了！那么，带着你们的快乐幸福，恩爱美满滚吧！不要让我再见到你们！"杜世全愤然说。

芊芊对杜世全和意莲跪了下去，咚咚咚连磕了三个响头。

"爹！娘！我从来不知道我在我的生命中，有一天要面临这样残酷的抉择！我必须告诉你们，今天我选择了爱情，并非舍弃了爹娘！在我心中，还是和以前一样爱你们！当你们有一天不再生我的气了，你们知道在什么地方可以找到我！爹、娘，我走了！"

她站起身来，挽着若鸿，毅然决然地大步而去。把泣不成声的意莲，哭叫姊姊的小葳，和怒吼连连的杜世全，一起留在身后了。

回到水云间，芊芊已不再有泪。她以无比的坚强，和充满了信心的眼光，热烈地看着若鸿说：

"我们大风大浪的恋爱，终于有了结果，从今以后，要从云端落到地面，脚踏实地地过日子！让我告诉你，你的责任就是画画！我不要你分一点点心，来担忧养家糊口这些事情。目前，我还有一些小积蓄，是我日常零用钱攒下来的，我们省吃俭用，可以支持一段时间。到了此时此刻，你也不必再计较，这个钱是你的我的还是我爹的，反正我们必须用它！等到用完的时候，我再来想办法，或者，那时你的画也有出路了！总之，你要画，画出你想要的那片天空！我嫁给你，为了爱你，为了支持你！我绝不允许自己变成你的绊脚石！

我对你有充分的信心，你是画坛奇才，我要帮助你，打赢这场人生的仗！"

他一瞬也不瞬地盯着她，整颗心都被热情涨满了，整个人，像鼓满风的帆船，恨不得立刻去乘风破浪。

"芊芊，"他一本正经地、感动至深地说，"我了解了！我都了解了！你放心，我不会辜负你！子默给我的侮辱，你爹对我的轻视，我都记在心头，一刻都不能忘！这场人生的仗，我非赢不可！不只为了我，而且为了你！"

芊芊深深地点着头，投进他的怀里，紧紧紧紧地拥抱着他。

就这样，芊芊和若鸿，开始了他们贫贱的夫妻生活。

芊芊去买了许多母鸡，养在篱笆院里。她对于"咯咯咯"的记忆一直深刻。她又在篱笆院外的空地上，种了许多蔬菜。一清早起床，芊芊就除草种菜喂鸡洗衣服，偶尔还在西湖湖岸钓钓鱼，没多久，她已经成为钓鱼高手，若鸿经常能吃到新鲜活鱼。当然，芊芊的烹饪技术，是一点一滴训练出来的，从煮饭不知道要放多少米，生火总是把满屋子弄得都是烟开始，到驾轻就熟，半小时就能做出三菜一汤。这之间，她足足用了六个月的时间，才锻炼成熟。

他们的日子，居然也这样过下去了。芊芊脱掉了华服，每日荆钗布裙，忙着洗衣烧饭，忙着柴米油盐。忙着清洁打扫，还要忙着整理若鸿的画具画稿。她忙来忙去忙不完，小屋内永远维持纤尘不染。而若鸿，他确实不曾为养家糊口担忧过、操劳过。他只画他的画，由早画到晚，由秋画到冬。

意莲并没有做到和芊芊断绝关系，她常常偷偷来看芊芊，给她送些吃的用的。看到芊芊亲自洗衣烧饭，还要种菜养鸡，她真是心疼到了极点。每回，她都要塞钱给芊芊，但是，芊芊严词拒绝了：

"当初被爹赶出家门，我就已经下定了决心，穷死饿死，也不能再接受家里的接济，你就成全我这点自尊吧！何况，假若给爹知道了，一定找娘的麻烦，家里有个卿姨娘，娘的日子已经不好过了，千万不能再为了我，和爹伤了和气！"

芊芊变得那么成熟，那么懂事，那么刻苦耐劳、无怨无悔。意莲在几千几万个心疼之余，是几千几万个无可奈何。

"一奇三怪"、子璇和谷玉农，都经常到水云间里来，有时，他们会带来酒菜，大家聚在一起，大吃大喝一顿。自从烧画事件以后，若鸿没有再跨进过烟雨楼。他和子默间的仇恨，已经无法化解。尽管子璇常说，子默早就忏悔了，苦于没有机会对若鸿表达。若鸿却听也不要听，谁对他提"子默"两个字，他就翻脸。因此，大家也就不敢再在他面前提子默。

子璇真是一个奇怪的女子，她和若鸿芊芊，成为真正的莫逆之交。芊芊私下里，又问过她有关孩子的事，她一本正经地说：

"等孩子长大之后，我会告诉他，他的父亲是谷玉农，因为玉农毕竟曾是我的丈夫，这样说，才不会让孩子受伤。我和玉农，都已经有了这个默契。至于孩子的爹到底是谁？我只有一句话要告诉你，他不是梅若鸿！"

"你这么说，只是出于对我的仁慈，对若鸿的宽容吧？"芊芊说。

"不要把我看得太神圣，我没有那么好，我既不仁慈也不宽容！我讨厌大家抢着要做孩子的爹，那只是提醒我一件事，我曾经有段荒唐放纵的日子，现在，荒唐已成过去，放纵也成过去！以后，我会为我的孩子，做一个母亲的典范！所以，这种怀疑，再也不许你们提起，甚至，不可以放在心里，你了解了吗？"

芊芊重重地点头，真的了解了。从此不再提对孩子的怀疑。子璇显然也把这篇话，对谷玉农和钟舒奇说过，这两个男人，也不再争吵谁是父亲，甚至彼此都不争风吃醋了。对于子璇，两人都竭尽心力地保护着、爱着。对那个未出世的胎儿，他们也很有默契地怜惜着。因而，谷玉农、钟舒奇和子璇间的关系变得十分微妙。他们似乎逐渐超脱了男女之情，走向了人间的至情大爱。

大家都在努力适应新的自我，追求理想中的未来。但是，若鸿的日子，过得并不好。从不停止地画画，变成为一连串从不停止地自我折磨。自从烧画事件以后，他的挫败感和自卑感就非常强烈，人也变得十分敏感和脆弱，他的自我期许那么严重，使他再也无法轻松地作画。和芊芊婚后，画画更成为一项"只许成功，不许失败"的"重任"。他失去了一向的潇洒、一向的自信，他被这"重任"压得抬不起头来，喘不过气来。在这种情绪下画画，他几乎是画一张，失败一张。他永远拿烧掉的二十张画作为标准，常常悲愤地扯着自己的头发，痛楚地嚷着：

"我再也画不出来了！我连以前的标准都达不到了！我最好的画已经被子默烧掉了，没有好画了，没有了！"

一边嚷着，他就一边撕扯自己的新作，把一张张画，全撕得粉碎。芊芊每次都忙着去抢画，着急地喊着：

"不要撕嘛！留着参考也好嘛！为什么你觉得失败呢？我觉得每张都好！"

"你这个笨女人！你对我只有盲目的崇拜，你根本不了解画画！你错了……你不该跟着我，我已经一无所有……"他用手抱住头，沙哑地呻吟着，"子默不只烧掉了我的画，他确实连我的才气也烧掉了，信心也烧掉了……"

芊芊见他如此痛苦，真不知该如何是好，她紧紧抱着他，吻着他。却无法把他的信心和才气吻出来。

这种"发作"，变得越来越频繁了。芊芊不怕过苦日子，不怕洗衣烧饭，却怕极了若鸿的"发作"。她对画也确实不懂，看来看去，都觉得差不多。因此，有一天，子璇和钟舒奇来了，若鸿正好出去写生了，她就迫不及待地把画搬给子璇看。子璇看了，默默不语。芊芊的心，就沉进了地底。钟舒奇纳闷说了句：

"经过这么久，若鸿的手伤，应该完全复原了！"

"哎呀！"芊芊一急，泪水就冲进了眼眶，"手上的创伤，是可以治疗的，心上的创伤，就是治不好！"她急切地看着子璇，"我好担心，我好害怕！若鸿……他始终没有走出子默带给他的阴影，他就是一直认为他再也画不好了！无论我怎么鼓励他，都没有用！"

"不要急，不要急，"子璇安慰地说，"他的功力还在，只是缺少了他原先的神来之笔……"

子璇的话还没说完，若鸿已从门外冲了进来，显然把这些对话全听到了。他奔上前去，铁青着脸，把所有的画都抱起来，抱到篱笆院里，乒乒乓乓地堆在一起，就去找火柴，找到了火柴，就忙着要烧画。

"烧了！烧了！"他嚷着说，"要烧就烧个彻底！烧个干净！最好的画，都烧了！何况是一批烂画！"

芊芊冲上前去抱住若鸿，不许他点火，拼命抢着他手里的火柴：

"不可以！若鸿！我不让你烧！在我心目中，你是最好的！你的画也是最好的！"

"什么是好？什么是不好？你到底会不会分辨？"若鸿奋力推开芊芊，暴怒地吼着，"所以我说你笨，你就是笨！我从没有见过像你这样幼稚的女人！"

"随你怎么骂我，我就是不让你烧！"芊芊哭着说，"这一笔一画都是你的心血，一点一滴都是记录！不管它好还是不好，我就是要留着它，我喜欢！我喜欢……"

若鸿退后一步，用手抱住头，崩溃了：

"停止停止！不要再对我说你喜欢，你的谎言像鸦片一样，只能让我越陷越深，让我上瘾，让我中毒……"

子璇和舒奇，面面相觑。子璇忍无可忍，奔上前去，用双手护住芊芊，指着若鸿的鼻尖，大骂着说：

"梅若鸿！你不要太没良心！你对芊芊吼叫有什么用？你画不好画，是你自己没本领！把你的一腔怨气，满怀怒火去对子默发作！不要对芊芊发作！你这样乱发脾气，烧画撕画，就能帮助你找回往日的才气吗？你就是逃避嘛！你用武装来逃避那个真实的自我……你太没出息了！"

"是啊是啊！"若鸿跌坐在地上，痛苦得不得了，"你说对了！我就是个逃兵，可是芊芊她不许我逃，我连躲避的地方都没有，我无处可逃，无处可容身啊……"

子璇瞪着他，说不出话来了。这晚，她回到烟雨楼，对子默沉痛地说了几句话：

"你成功了！你毁掉了若鸿，同时毁掉了芊芊！当若鸿不快乐的时候，芊芊也不会有好日子过！你已经烧掉了若鸿的才气、信心和骄傲，他终于被你打垮了！你也烧掉了芊芊的幸福！这样的'大获全胜'，不知你每天夜里，能不能安枕到天明？"

子默战栗地看着子璇，眼神忧郁到了极点。

这天，子默来到了水云间。

若鸿一看到子默，整个人都要爆炸了。芊芊吓了好大一跳，苍白着脸，对子默喊着说：

"你来干什么？验收你的战果吗？要把我们赶尽杀绝吗？你走！水云间永远不欢迎你！"

"若鸿！芊芊！听我说……"子默力图平静，几乎是谦卑地开了口，"我们都不是完人，当我们面对爱恨情仇的时候，我们谁都处理不好！谁都有自私、偏激、不理智，甚至可恶可恨的时候……我这一生，做得最差劲的事，就是烧了那些画，这件事和'死亡'一样，简直是无从'挽救'的……"

"我不要听你解释，我不要听你一个字！"若鸿双手握拳，扑上前来，两眼燃烧着怒火，他一把就揪住了子默胸前的衣服，吼叫着说，"这五年来，我把你当作我的良师、我的兄弟、我的挚友、我的家人！但是，我却被这样的兄弟杀戮得体无完肤！你的所作所为，对我而言，已经到了'匪夷所思'的地步！午夜梦回，想起我们所共度的那五年，我都会恨自己恨得咬牙切齿！你以为你现在来对我说两句'不是完人''爱恨情仇'的鬼话，就能把你那种卑鄙的行为，一笔勾销了吗？门都没有！"说着说着，他所有的愤怒和耻辱，全都汇合成一把大火，在体内熊熊烧起，无法遏制。他对着子默的下巴，就重重地挥出了一拳。

子默被揍得连退了好几步。芊芊惊呼了一声，站在旁边不知该如何是好。若鸿扑上前去，抓起子默，再是一拳。子默被打得跌倒于地，唇边，溢出了血迹。若鸿打得红了眼，扑上去，又对他踢了好几脚，再用膝盖抵住他的胸口，把他整个身子压在地上，他左一拳，右一拳，拳拳对他挥去。边挥边叫：

"你卑鄙！你下流！你无耻！你混蛋！你没有人性！你冷血！你这样千方百计要毁灭我……你不是人，你是魔鬼……"

芊芊害怕了，看到子默已被打得鼻青脸肿、嘴角流血……她扑过去要拉若鸿，喊着说：

"别打了！若鸿！你让他去吧！别打了！"

若鸿挣开了芊芊，继续对子默挥着拳。子默闪避不开，又挨了好几下，子默喊着说：

"梅若鸿！你打！你打！你如果非揍我几拳才能泄恨，那你就尽管揍吧！算我欠你的！"

"我不只想揍你，我想杀你！我想乱刀杀了你！"若鸿双手乱七八糟地对他又劈又砍，好像双掌都成了大刀似的，"你太狠了！太毒了！你明知道那些画是我的生命！你故意烧了它们！你这么阴险，要整个毁掉我的生命！我的艺术……"子默再也不能忍耐了，他用力推翻了若鸿，从地上弹起了身子，对若鸿挥舞着双手：

"你有种就不要被我摧毁啊！你有种就再画啊！你有种就不要中了我的阴谋啊……为了几张画，你就终日惶惶不安，失魂落魄，一蹶不振，信心能力全没有了，你真让我轻视呀……"

若鸿像是挨了当头一棒，整个人都震动着，睁大了眼睛，他怒冲冲地瞪着子默。

"每一个画家，无时无刻不是在想着，如何超越自己！只有你！成天只在追悼那过去的二十幅画！简直是毫无骨气！你要真是个男子汉，你就对我狂笑啊！对我说：汪子默，你别得意！你毁掉的不过是我最差的二十幅画！我梅若鸿往后的生命里，还不知道要画出多少旷世名作来呢！你对我吼啊，对我叫啊，停止开追悼会啊！"

子默喊完，掉转身子，大步而去了。

若鸿完全呆住了，他一动也不动地站在寒风之中，怔怔地看着子默远去的背影。芊芊站在一旁，也不敢移动，不知道若鸿会不会再大发作一番。

若鸿没有再发作，似乎对子默的一阵拳打脚踢，已耗尽了他的体力。他这一整天，都非常安静，安静得没有一点点声音。

当晚，他画了一张画，是烧画以来，最得意的一张。题目叫《灯下》，画的是芊芊，坐在一灯如豆的光晕下，为若鸿缝制着衣裳。她脸上，充满了爱的光华。

他，又能画了。

第十八章

时间，就这样慢慢地过去了。冬天，下了好大一场雪。西湖在一片白雪茫茫中，真是美极了。杭州人有三句话说："晴湖不如雨湖，雨湖不如月湖，月湖不如雪湖。"真是一点也不错。湖面的冰雪，蒸腾出一片苍茫的雾气。远处的山头，像戴了一顶顶白色的帽子。苏堤和那六座拱桥，是横卧在水面的一条白色珠链。而湖岸那枝枝垂柳，挂着一串串冰珠，晶莹剔透，光彩夺目。随意望去，处处都是画。难怪若鸿冒着风雪，也不肯停下他的画笔。

二月初十那天，子璇在慈爱医院，顺利生产了一个儿子。醉马画会的"一奇三怪"，全是孩子的干爹。为了给孩子取名字，大家经过一番热烈的讨论，最后，子默为孩子取名叫"众望"，他说：

"这孩子在这么多人的期盼、祝福中诞生，将来也会在这么多人的关爱中长大，然后，怀抱着众人的希望和梦想去飞翔，去开拓他的人生，他真是世界上最幸福的孩子了！所以，就给他取名叫'众望'，好不好？"

大家都说好，众口一词，全票通过。小众望在众多"干爹"的怀抱里，被抢着抱来抱去。大家嘻嘻哈哈，非常兴奋。醉马画会失去的欢乐似乎又回来了。

若鸿和芊芊得到消息，也赶到医院里来看子璇和孩子。正好"干爹们"刚为众望取了名字，全部在场，子默也在，加上若鸿和芊芊，那间病房真是热闹极了。若鸿看着那珠圆玉润的孩子，心中十分悸动。他抬眼再看子璇，她靠在床上，面色红润，神采飞扬。子璇眼中，满溢着初为人母的喜悦，和一份前所未有的祥和。若鸿一直认为子璇是个风情万种的女子，但，从没有一个时刻，她显得这样美丽！

"哈哈！"谷玉农笑得合不拢嘴，"你们来晚了一步，没看到我们刚刚热烈抢着取名字的盛况，太可惜了！"

"取名字？"若鸿心动地说，"怎么不等我们一下，结果怎么样？"

"结果，舅舅做结论，取作'众望'，我们这些干爹取的都自叹弗如，就都无异议通过了！"钟舒奇笑着说。

"众望？"若鸿把孩子抱入怀中，紧紧地凝视着孩子，在全心灵的震动下，不禁看得痴了，"很好！很好！众望所归……众望所归……"

芊芊挤在若鸿身边，也去看孩子。孩子浓眉大眼，长得非常漂亮，初生的婴儿，看不出来像谁。但，芊芊心有所触，百感交集。

"子璇，"若鸿请求似的说，"可不可以让我也做孩子的干爹呢？"

"太好了！"子璇笑得灿烂，"众望又多一个干爹了！他真是得天独厚呀！"

"那么，"芊芊柔声说，"我就是理所当然的干娘了！他有好多干爹，但是，只有我一个干娘呢！"她从若鸿手中接过孩子，亲昵地拥在怀中，眼眶竟湿润了。把孩子交还给子璇，她情不自禁地握着子璇的手，感动地说："子璇，我好钦佩你，我好敬重你！你实在是我见过的女性中，最勇敢，最不平凡的一个！"

"呵！"子璇大笑起来，拍着芊芊的手，"彼此彼此！这句话正是我想对你说的呢！看样子，咱们两个，惺惺相惜！这巾帼双杰，非我们莫属了哦？我们两个，已把惊世骇俗的事，全做尽了！他们那'一奇三怪'，真是平淡无奇，都该拜下风，是不是呀？"

这样一说，"一奇三怪"全鼓噪起来，怪叫起来。满屋子笑声，满屋子欢愉。子默就趁此机会，一步走上前去，对若鸿伸出了手，诚挚而歉疚地说：

"若鸿！在这新生命降临的喜悦中，在这充满了爱，充满了欢乐的一刻，我们讲和了吧！看在众望的分上，让我们的是是非非、恩恩怨怨，都随风散去了吧！"

若鸿侧着头想了想，唇边已有笑意，但，他退后了一步，没有去握子默的手。他说：

"我不能这么容易就算了，我偏不和你握手，我偏要你难过，偏要你良心不安，等我哪天高兴了，才要原谅你！"

三月，又是桃红柳绿的季节。

若鸿一早，就兴冲冲地带着画架，骑上脚踏车，出门写生去了。他最近画得非常得心应手，常有佳作，兴致就非常高昂。出门时，他对芊芊说：

"我觉得今天灵感泉涌，有强烈的创作欲，我要去画桥，画各种大小曲折的桥！"他注视着芊芊，热情地说，"你知道吗？'桥'真是世界上最美的东西，它躺在水面上，沟通着两个不同的陆地，把桥这一端的人，送到桥的那一端去！太美了！你和我也是这样，被那座望山桥给送到一起的！"

说完，他骑上车就走，芊芊笑着，追在后面喊：

"你得告诉我，中午在哪一座桥，我才能给你送饭去啊！"

"我也不知道吧，兴之所至，走到哪里，就画到哪里！不过，我肯定会去画望山桥！"

若鸿走了。芊芊开始忙家务，洗好了早餐的碗筷，铺床叠被，把脏衣服收进竹篮里……再去整理若鸿散落在各处的画纸画稿，她心情愉快，嘴里哼着歌：山呀山呀山重重，云呀云呀云翻翻，水呀水呀水盈盈，柳呀柳呀柳如烟……

忽然有人敲着门，有个外地口音的女人，在问：

"请问有人在家吗？"

芊芊怔了怔，又听到一个女孩子的声音在问：

"请问这儿是水云间吗？"

芊芊纳闷极了，走到门边，打开了那两扇虚掩的门。于是，她看到门外有个中年妇人，三十余岁，手里牵着个十岁左右的女孩子。那妇人衣衫褴褛，穿着件蓝布印花衣裤，梳着发髻，瘦骨嶙峋，满面病容，背上背着个蓝布包袱，一脸的风尘仆仆。那孩子长得眉清目秀，大双眼皮的眼睛似曾相识，也是骨瘦如柴，也是衣衫破旧。背上，也背着个包袱。就这样一眼看去，芊芊已经断定两人都走了很远的路，都在半饥饿状态之中。

"你们找谁？"芊芊惊愕地问，水云间不在市区，很少有问路的人会问到这儿来，"这里就是水云间！"

"娘！"小女孩雀跃地回头看妇人，一脸的悲喜交集，大喊着，"找到了呀！我们总算找到了呀！"

"是！是！找到了！"那妇人比小女孩收敛多了，她整整衣衫，有些拘泥，又有些怯场地看着芊芊，"对不起！我们是来找梅若鸿先生的，请问他是不是还住在这里？"

芊芊不知怎的，觉得背脊上发冷了：

"是！若鸿就住在这儿，他现在出去了，你们是谁？"

小女孩欢呼了一声，抓着妇人的手，摇着，叫着：

"娘！找着爹了！找着爹了！"

芊芊的心脏，猛地一跳，差点儿从口腔里跳出来。定睛看去，那妇人正在抹眼泪，那泪水似乎越抹越多，抹花了整张脸孔。芊芊颤抖地问：

"什么爹啊娘啊？你们到底是谁？"

"我们是从四川沪县来的！"那妇人又激动、又兴奋、又虚弱地说，"足足走了三个多月才走到这儿，在西湖边绕了好几圈，遇到个学生，才说这儿有个水云间！"她说得语无伦次，"我的名字叫翠屏，这孩子叫画儿，我们从若鸿的老家来的……我带着画儿来找她爹，只要让他们父女相见，我就对得起若鸿的爹娘了！"

芊芊如同遭到雷击，顿时感到天昏地暗。她把房门一让，对那母女两个匆匆地说了一句：

"你们进去等着，我去找若鸿回来！"

芊芊拔脚就冲出了房门，冲出了篱笆院。她开始沿着西湖跑，一座桥又一座桥地去找。幸好若鸿提到望山桥，她终于在桥边找到了他。不由分说地，她抢下了他的画笔画纸，气急败坏地说：

"你跟我回去！你马上跟我回去！"

若鸿看到芊芊脸色惨白，眼神慌乱，跑得上气不接下气，吓了一大跳，直觉地以为，水云间失火了。新画的画又被烧掉了！他顾不得画了一半的桥，他带着芊芊，两个人骑上脚踏车，飞也似的回来了。远远看到水云间依然屹立，他就松了一大口气说：

"又没失火，你紧张什么？"

"我宁愿失火！"芊芊大叫，"我宁愿天崩地裂！就是不能忍受这个！你进去看！你进去！"

若鸿跟着芊芊，冲进了房门。

翠屏带着画儿，从椅子中急忙站起。大约起身太急了，翠屏的身子摇摇晃晃的，差点儿晕倒。画儿急忙扶住了翠屏，母女两个，都那么苍白，那样弱不禁风，像两个纸糊的人似的。她站在那儿，两对眼睛，都直勾勾地看着若鸿。

若鸿整个人都傻住了，他张大了眼睛，震惊已极地注视着翠屏，动都不能动。

"若鸿！"芊芊喊，"告诉我，她们是谁？"

翠屏见若鸿只是发怔，一语不发，就抖抖索索地开了口：

"若鸿，你不认得我了？我是翠屏呀！"

若鸿面如死灰！翠屏！这是翠屏！怎么可能呢？他的思想意识，一下子全乱了。瞪着翠屏，他仍然不动不语。

"我是翠屏呀！"翠屏再说了句，情不自已地上前，用热烈的眼神，把若鸿看个仔细，"你长大了！个头变高了！脸上的样子也变了！变成大人样了……"她激动地说着，又去擦眼泪，擦着擦着，就去摸自己的面颊，羞怯地说："你长大了！我……我变老了！所以你都不认得我了！我……一定老了好多好多……"

"翠屏？"若鸿终于发出了声音，颤抖地、不能置信地，"你怎么会来杭州？太不可思议了！太突然了！我实在来不及思考，到底，是怎么回事呢？"

"五年前，你有封信写回家，信上的地址是'杭州西湖边水云间'，当时我们就请村里的李老师写了好多封信给你，都没有回信，这次我就这样寻来了！"她说着，"若鸿！"她又拉过画儿来，急急地解释，"这是画儿，是你的女儿！你从来没见过面的女儿！你离家的时候，我已经怀了两个月的身孕了，连我自己也不知道！画儿是腊月初二生的，已经十岁了。乡下太苦了，她长得不够高，一直瘦瘦小小的！她的名字，画儿，是爷爷取的，她爷爷说的，你自小爱画画，离开家也是为了画画，就给她取了个小名叫画儿，我……我好对不起你，没给你生个儿子……可画儿自小就乖，好懂事的……这些年你不在家，我还亏得有个画儿……"

翠屏一说就没停，若鸿的目光，情不自禁地被画儿吸引了，画儿那么热烈的眼光，一瞬也不瞬地盯着若鸿看。瘦瘦的小脸蛋上，那对眼睛显得特别大，漆黑晶亮，里面逐渐被泪水所涨满。

"画儿……"若鸿喃喃地说，精神恍惚，"我有个女儿？画儿？画儿？"

翠屏把画儿推上前去。

"画儿！快叫爹呀！"

画儿眼泪滴滴答答滚落，双手一张，飞奔上前，嘴里拉长了声音，充满感情地大喊：

"爹……"

若鸿太震动了，张开手臂，一把就紧紧地拥住了画儿。画儿匍匐在他怀中，抽抽噎噎地说了句：

"爹！我们找你找得好苦呀！"

父女紧紧相拥，都激动得不知如何是好。

芊芊看着这一幕，已经什么都明白了。在巨大的悲痛和震惊之中，还抱着一线希望，这是个错误！不到黄河心不死，她要听若鸿亲口说出来！

"若鸿，"她重重地喊，"你告诉我，你必须亲口告诉我！她们是谁？你说呀！你说呀！"

翠屏惊吓地看了一眼芊芊，似乎此时才发现芊芊的存在。画儿怯怯地紧缩在若鸿怀中。若鸿苦恼地抬起头来，在满怀激动中，已无力再顾及芊芊的感觉。

　　"芊芊，没办法再瞒你了，翠屏她……她是我家里给我娶的媳妇儿，那年我才只有十五岁……乡下地方流行早婚，所以，我还是个小孩子的时候，就和翠屏拜了堂……"

　　芊芊睁大了眼睛，拼命吸着气。半晌，她才悲愤交加，痛不欲生地大吼了出来：

　　"梅若鸿！原来你是这样的人，我总算认清你了！你停妻再娶，到处留情，到今天已经是'儿女成双'了！梅若鸿！你置我于何地？"

　　喊完，她掉转身子，就飞奔着跑出房门，跑过院子，跑出了篱笆院……狂奔而去。

　　"芊芊！芊芊！"若鸿推开画儿，拔脚就追，"芊芊！你等等！你听我说……"

　　翠屏看着这一切，小小声地说了句：

　　"这是你的新媳妇……糟糕，我气走你的新媳妇了！"说完，她双腿一软，整个人就摇摇欲坠。

　　"爹！爹！"画儿大叫着，"娘不好了！娘晕过去了！你快来呀……"

　　若鸿大惊，又跑了回来，翠屏已晕厥倒在地。画儿扑在她身边，着急地摇着喊着。若鸿扑奔上前，狼狈地抱起翠屏，感觉到她身轻如燕，心中不禁紧紧一抽。把她放在床上，他心乱如麻，头昏脑涨。只见翠屏气若游丝，面白如纸。他更是惊慌失措，觉得自己的世界，已整个大乱。乱得天翻地覆，不可收拾。此时此刻，他实在是没办法去追芊芊了。

若鸿正在惊怔中，画儿已经急急忙忙地解开了自己的包袱，从里面拿出一瓶药水来，又拿出自备的小匙，就走到床边，对若鸿说：

"爹，你不要着急，娘就是这样子，常常走着走着就晕倒了，我们一路都配了药，熬成药水随身带着！来，你扶住她的头，我来喂她吃药！"

若鸿慌忙扶起翠屏的头，画儿熟练地喂着药，不曾让一滴药溢出。喂完了，让翠屏躺下，画儿说：

"我看到水缸里有水，我可以舀盆水给娘洗脸吗？"

"当然，你可以！可以！"

画儿去舀水，舀着舀着，发出一声惊呼：

"爹！你有白米吔！好多白米吔！"接着，她一抬头，发现架子上有一碗鸡蛋，这一惊更非同小可，"爹！你这儿还有鸡蛋！"她舀了水过来，熟练地用一条冷毛巾，敷在翠屏的额上，就用闪亮的眸子，渴望地看着若鸿说："我等下可不可以煮一锅白米饭给娘吃？我们有好久没吃过白米饭了！还有那些鸡蛋……"她大大喘口气，"可不可以吃呢？"

"可以！可以！可以！"若鸿一迭连声地说，心脏就绞痛了起来，"你们一路都没有东西吃吗？"

"在家乡就没有东西吃了！两年前，一场大水，把什么都淹掉了……"

画儿正说着，翠屏已悠悠醒转。看到自己躺在床上，看到若鸿焦急的眼光，她就急忙起床，整整衣襟，四面张望了一下，不见芊芊，就羞怯地、抱歉地说：

"我又给你添麻烦了！真对不起！"

若鸿伸手去拦她。

"你起床干什么？刚刚才晕倒，还不躺下休息！"

"不要紧！不要紧！老毛病，现在已经缓过劲来了！好多事要跟你交代呢！不说不行呀……"她摸索着下了床，穿上鞋，走到桌边去。

"娘！我去煮饭！"画儿兴奋地说，"我再蒸一大碗鸡蛋给爹和娘吃！"说着，就跑到灶边去，非常利落地找米下锅，洗米煮饭。若鸿看得傻住了。

翠屏把自己的包袱打开，恭恭敬敬地从里面捧出了两面小小的牌位，双手捧给若鸿：

"若鸿，我终于把爹娘的牌位，交到你手里了，这样，我离开的时候，也比较没有牵挂了！"

若鸿如遭雷殛，双手捧过牌位，浑身都发起抖来。

"牌位？"他喃喃地说，"爹娘的牌位？他们……他们都不在了？怎么会？他们还年轻，身体都硬朗，怎么会？怎么会？"

"就是两年前，家乡那场大水灾，田地都淹没了，没吃没喝的，跟着就闹瘟疫，饿死的饿死，病死的病死，爹就在那次天灾里，染上痢疾撒手归西了，大哥和小妹，也跟着去了……"

若鸿瞪大眼睛，再也无法承受，剧痛钻心，眼泪直掉。

"家里的日子，真是不好过，"翠屏继续说，"二哥三哥见没法营生，就离开家乡走了。娘受不了这一连串打击，没多久也卧病不起了。最后，只剩下我和画儿了！"

若鸿惊闻家中种种变故，真是心碎神伤，无法自已。他将牌位捧到书桌上并列着，就崩溃地跪了下来，对着牌位磕头痛哭：

"爹——娘！孩儿不孝，你们活着的时候，我未能在身边尽孝道，死的时候，未能赶回家乡送终！家里发生那么多事，我却始终不知不晓、不闻不问！我真是太对不起你们了！你们白白给我受了教育，我却变成这样不孝不悌不仁不义之人了！爹娘！你们白养了我，你们白疼了我！"

翠屏见若鸿如此伤心，也陪在旁边掉眼泪。掉了一阵泪之后，她才振作了一下，又对若鸿说：

"娘走了之后，我的身子就越来越差了，去年年底，大夫跟我说……"她压低了声音，不让正在烧饭的画儿听到，"我挨不过今年了。所以，我再也没法子了，我必须把画儿和爹娘的牌位交给你！……所以，我们才这样山啊水啊地来找你了……"

"什么？"若鸿大惊，抬头看着翠屏，"不会！不会！"他大声说："你已经到了杭州了，我给你找最好的大夫，吃最好的药！不管你生了什么病，我会治好你，我一定会治好你……"他喉中嘶哑，各种犯罪感，像一把利刀，把他劈成了好多好多碎片："翠屏，你找到我了，你不要再东想西想，让我来吧！"

"可是，你已经有了新媳妇了！"翠屏温婉而认命地说，"她长得好标致，跟你站在一起，真是再般配也不过了！我……我又丑又老，又生病，我这就收拾收拾回乡下去，不打扰你们了！画儿，就交给你了！"说着说着，她就开始整理包袱，把画儿的衣服拿出来，把自己的再包回去。

"你要做什么？"若鸿问。

"我马上就走，再耽搁，天就黑了！"

画儿已淘好米煮上了，一转身，听到翠屏的话，吓得魂飞魄散。奔过来，她就一把抱住了翠屏，哭着大喊：

"娘！你去哪里？你去，我也跟你一起去！"

"画儿！"翠屏扯着她的手，"娘把你交给你爹了，以后跟着爹好好过日子，要孝顺爹，要听那个什么什么阿姨的话……"

"不要！不要！"画儿狂叫着，抬起满是泪痕的脸，看着若鸿，"爹！求求你不要叫娘走！求求你！爹！你知道我们这一路怎么走过来的？多少次我和娘都以为永远走不到了！我们的脚磨破了，起水泡了，好几天饿得没东西吃，上个月遇到大风雪，把我和娘刮到山崖底下去，晚上又冷又饿，娘只能抱着我，两个人一起发抖到天亮……每次走不下去了，快要死掉了，娘就和我说：没关系，快找到爹了！找到爹就好了！……爹，我们终于找到你了！可是，你怎么不要我们呢？"

"画儿！"若鸿掉着泪痛喊，"爹没有不要你们！爹要的！要的！一定要的！"他扑上前去，一把就扯下了翠屏手中的包袂："你哪里都不许去！你给我躺下，好好静养，好好休息，什么话都别说了！"

"可是，若鸿，你那个新媳妇会生气的……"

"那……那是我的事！"他注视着翠屏，"你听我还是不听我？"

"听！听！听！"翠屏慌忙说，一直退到床边去坐下，眼光怔怔地、温驯地凝视着若鸿。那种"丈夫是天"的传统信念，使她什么话都不敢再说了。

画儿定了心，就忙忙碌碌地去摆碗筷。那米饭的香味，弥漫在室内。若鸿看着碗筷，想到芊芊了。芊芊这名字，又是一把尖利的刀，刺进内心深处去。芊芊，芊芊，我用什么面目来见你呢？用什么立场来对你说话呢？

第十九章

芊芊已经无家可回，也无处可去，她只能去一个地方：烟雨楼。因而，这天下午，整个醉马画会，都知道梅若鸿的事了。大家都那么惊奇，因为和若鸿认识五年来，从来没人听说过他在老家有妻子。见芊芊哭得像泪人一般，人人不禁痛骂若鸿。谈起芊芊和若鸿"结婚"的经过，更是群情激愤。子璇拥住了芊芊，不住拍着她的肩，说：

"不管怎么样，我们会支持你！相信我！这儿全是你的朋友，我们会帮助你，不会袖手旁观的！你先在我这儿住下来，看若鸿要怎样给你一个交代，给大家一个交代！"

"我不敢相信这件事，"陆秀山跳起来说，"我要去水云间，看看若鸿那个老婆和孩子！"

"我跟你一起去！"叶鸣说。

"我也去！"沈致文说。

"要去，就大家一起去！"子默说。

结果，醉马画会全体会员，包括了谷玉农，全都去了水云间，把芊芊留在烟雨楼照顾众望。

他们去了很久，回来的时候，人人脸色沉重。他们没有告诉芊芊，因为翠屏又晕倒了，所以大家忙着找大夫、治病、抓药、熬药……忙了大半天。大夫说，翠屏已经病入膏肓，不久人世了。画儿天真地以为，有大夫了，有白米饭了，有爹了……娘就"一定一定"会好的！那种天真和喜悦，使每个人都为之鼻酸。而若鸿，眼睛红肿，眼白布满了血丝，头发凌乱，神色仓皇，真是说有多狼狈就有多狼狈。他追在大夫身后，不住口地说：

"你救她！你治她！不论要花多少钱，我去赚！我去拉车，我去做苦力！我给她买最好的药！你不要管价钱，你只要开方子！你一定要治好她的病！"

医生开了方子，又是射干，又是麻黄，又是当归，又是人参……子默一看，就知道药价不轻。当下，就拉着众人，把身上的钱都掏出来，凑给若鸿先应急。若鸿此时，已不再和子默闹脾气，也不再推三阻四，拿了钱就去抓药。翠屏勉强支撑着虚弱的身子，还想起身招待众人。画儿倒茶倒水，又照顾爹又照顾娘，像个小大人似的。众人原是去水云间，准备兴师问罪的，结果，看了这等凄惨状况，竟无人开得了口。最后，子璇才对若鸿说了一句：

"今晚，你最好抽空来一趟烟雨楼，芊芊在我那儿，以后到底要怎么办？必须好好地谈一谈！"

晚上，若鸿赶到了烟雨楼。走进大厅，只见众人都在，只是没见到芊芊。

"芊芊呢？"若鸿痛苦地问，"她不要见我，是不是？"

"芊芊太生气了，她实在没有办法面对你！"子璇说，"我们都曾目睹，她为了和你这段感情，怎样上刀山，下油锅，拼了命去爱，现在，你如果不给她一个合理的交代，我们都为她抱不平！"

"你为什么不早说呢？"子默问，"你为什么要隐瞒家里有老婆这件事呢？"

"我不是故意隐瞒！"若鸿心慌意乱地说，"我只是以为，翠屏属于太早的年代，去提它，没有什么特别的意义！那年，我才十五岁呀！十五岁根本是个孩子，家里弄了个大姑娘来，叫我拜堂，我就拜了堂！十六岁我就离开家乡，这才真正开始我的人生！我一直认为，十六岁是我生命中的一个分水岭，十六岁以前和十六岁以后，完全是两个时代！两个时代怎么会混为一谈呢？十六岁以前，遥远得像上一辈子，是我的'前生'，十六岁以后，才是我的'今生'呀！我怎样都没想到，'前生'的翠屏，会跑到'今生'来呀！"

众人听得一愣一愣的，都瞪大了眼。

"所以，你就把翠屏完全给忘了？"子璇问。

"也不是这样，她常常在我脑中出现，她的名字，也常常冲到了我嘴边，我几次三番都想对芊芊说，又生怕造成对芊芊的伤害，就咽下去了。你们记得，以前大家说要集体追芊芊，只有我退出，我说我是'绝缘体'，好端端的，我为什么说自己是'绝缘体'，就因为翠屏在我的记忆里呀！"

"原来，'绝缘体'三个字，代表的意思是'我已经结过婚了'，这种哑谜，我想全世界没有一个人猜得透！"钟舒奇跌脚大叹，"现在，弄成这样的局面，你到底要怎么办呢？"

若鸿痛苦莫名，喟然长叹，咬咬牙说：

"弄到这个地步，我已经里外不是人，怎么做都是错！我完全不敢奢望芊芊的谅解，因为，仅仅是谅解还不够，你们都见到了翠屏和画儿，病妻弱女，饥寒交迫地来了！翻山越岭，千辛万苦地来找寻我这个唯一可依靠的人！我这一生，过得如此自私，不曾对父母兄弟、朋友、家人……负过一点点责任……此时此刻，我如果选择了芊芊，遗弃翠屏，那，那我还算个人吗？还有一点点人性吗？"

"这么说，"叶鸣冲口而出，"你选择了翠屏，放弃了芊芊吗？"

"你要芊芊到哪里去呢？"陆秀山急急接口，"她已经山为证，水为媒，被我们这些脑筋不清不楚的大小'醉马'，作傧相、作人证地嫁给你了！你现在可不能说不管就不管！"

"我给你一个建议，"谷玉农往前迈了一大步，认真地说，"你学我吧！你赶快和翠屏办个离婚手续，离了婚，你还是可以照顾她，就像我还不是照顾子璇，爱护众望……离婚手续也很简单，像我上次一样……"

若鸿挺了挺背脊，痛楚地吸了口气。

"我如果和翠屏离婚，那比杀掉她还残忍！她脑筋单纯，会以为被我'休了'！她代我尽孝，侍奉双亲，代我抚育画儿，十年含辛茹苦，我不能恩将仇报，去休了她！何况，她现在病成这样，哪里禁得起这种打击？而芊芊……"他顿了顿，心痛已极地闭了闭眼睛，咽了一口口水，"她毕竟年轻、健康、又美丽……"

芊芊不知何时已经站在房门口，面色惨白如纸。

"所以，我禁得起打击！"她冷冷地、凄厉地接口，"我对你无恩无义，所以，你可以把我休了！"

众人都惊讶地抬头，看着芊芊。

若鸿大大一震，深刻地注视着芊芊，无尽地哀求，无尽地祈谅，全盛在眼睛里。但，寒透了心的芊芊，对这样热烈的眸子已视若无睹。她点点头，冷极地说：

"我懂了！我都明白了！这就是你的选择，你的决定！选择得好，决定得好，有情有义，合情合理，我为你的选择喝彩！"

"芊芊，不是的！"若鸿沉痛地说，千般不舍，万般不舍地瞅着芊芊，"我不是在做选择，我对你的爱，早已是天知地知，尽人皆知！现在不在考验我的爱！追随自己的爱而去，好容易！追随自己的责任感，好艰难！"

"太好了！"芊芊更冷地说，"你终于有了'责任感'了，我为你的'责任感'喝彩！"

"芊芊！"子璇急了，忍不住插进嘴来，"你不要生气！现在生气没有用，要好好谈出一个结果来呀！"

"可能有结果吗？"芊芊掉头看子璇，"他现在的想法是，芊芊什么都可以原谅，什么都可以包容，永远会支持他，维护他！所以，芊芊可以和翠屏和平共存，以完成他梅若鸿的'责任感'，成全他梅若鸿不遗弃糟糠之妻的伟大情操！他就是这样一厢情愿，只为自己想的一个人！他根本不管我的感觉和我的感情！对这样一个男人，我的心已经彻底地死了！"

"你是这样想的吗？"子璇问若鸿，"你希望'两全'，是不是？你希望芊芊包容和原谅，是不是？"

若鸿呆呆站着，凄然不发一语。

"如果不能'两全'呢？"子默着急地问，"如果芊芊能原谅你，但做不到二女共事一夫，你只能在两个女人中选择其一，你选择谁？"

若鸿怔怔地看着芊芊，仍然不发一语。过了好半天，他才伤痛地说了句：

"这不是选择题，如果我有权利选择，我所有的意志和感情，都会选择芊芊，问题是我已无权选择！"

"你现在才知道你无权选择！"芊芊大声地痛喊着，"你十年前，就已经没有权利选择了！"她咬咬牙，横了心，脸色由愤怒而转为冷峻："好，好，好！好极了！从今以后，我跟你这个人一刀两断，永不来往！你的前生也好、今生也好、来生也好，随你去自由穿梭，都和我了无瓜葛！我再也不要听到你的名字，再也不要见到你的面孔，再也不要和你说任何一句话！再也不要接触与你有关的任何一件事情！"她从怀中，拿出一张纸来，是她和若鸿的结婚证书，她举起证书，说："这是我们的结婚证书，在场诸人，都是我们的见证！现在，仍然天地为凭，日月为鉴，仍请在场诸君，作为见证……"她三下两下，就把证书撕了。撕得好碎好碎，跑到窗前去，往窗外一撒，碎片如雪花般随风飞去。"爱情婚姻，灰飞烟灭！我把结婚证书撕了，从此结束我们的婚姻关系，斩断我对你的痴情！"

大家都怔住了，被芊芊这份坚决和气势震慑住了，大家看着芊芊撕证书、撒证书，竟无人阻止。

若鸿神情如痴，双眼发直，身子钉在地上，像一座石像。他注视着窗外那如雪片般飞去的碎纸，喃喃地说：

"撕不碎的！烧不掉的！斩不断的！风也吹不走的……"

芊芊震动了一下，神色微微一痛，立刻就恢复了原有的冷漠。她高昂着头，不再留恋，不再迟疑，她大踏步冲向门外，绝尘而去。

满屋子的人都震慑着，也没有人要阻止她的脚步。

芊芊当晚就回到了杜家。在全家人的惊愕与悲喜中，她毫不犹豫地跪倒在杜世全面前：

"爹！你说的种种，都对了！我用我的生命和青春，证实了你当初的预言！现在，我回来了！请你原谅我的年轻任性、一意孤行！我已经受尽苦难、万念俱灰，唯一可以投奔的，仍然只有我的爹娘！爹，不知道你还肯要我吗？还愿意收回我吗？"

杜世全看着那饱经风霜、身心俱疲的芊芊，一句话也没有说，就把她紧紧紧紧地搂在胸前，眼里，溢出了两行热泪。

一边站着的意莲，早就哭得稀里哗啦了。

三天后，芊芊随着杜世全和意莲小葳，全家都去了上海。她给子璇的信上，这样写着：

　　"心已死，情已断，梦已碎，债已了！所以，我走了！水云间里的点点滴滴，一起留下！烟雨楼里的种种情谊，我带走了。"

第二十章

芊芊走了，把欢笑也带走了。

若鸿从他的"天上"，又落到"人间"来了。忽然之间，他的身边，有个病得奄奄一息的妻子，有个年幼而营养不良的女儿。家庭的责任，就这样沉甸甸地对他压了过来。翠屏的病，需要庞大的医药费。食衣住行，以前都有芊芊打点，不要他过问，而今才知道，柴米油盐酱醋茶，居然件件要钱。他不能一天到晚靠子默他们帮忙，他必须靠自己！这是继"上班"之后的另一次，他开始为生活"出卖自己"！也和"上班"的情形一样，他弄得自己焦头烂额，狼狈不堪。

这次，是"墨轩"字画社的老板，受不了他一天到晚拿着画来"押钱"，给他出了一个主意。既然会画画，何不到西湖风景区去摆个画摊？给游人画人像！现在的西湖，正是春光明媚，鸟语花香，游人如织的时候，生意一定不错！若鸿考虑了两三天，在生活的压力下低头了。摆画摊就摆摊吧！

总比上班好！上班要和船名货名打交道，摆画摊还不离本行！于是，收拾起自己的骄傲、收拾起零乱的心情、收拾起对芊芊那锥心刺骨的相思和罪疚……不能想，什么都不能想了，唯一能想的，是怎样才能治好翠屏的病？怎样才能给画儿一个安定的家？

他去摆画摊了，日出而作，日没而息。一天工作八小时，这才知道，摆画摊也是一门学问，常常枯坐在那儿一整天，乏人问津。他一张画像只收费三角钱，居然有游客跟他讨价还价，好不容易画了，对方还嫌画得不好！前几天，他完全不兜揽生意，采取"愿者上钩"的方式，竟然没有"愿者"！然后，他只得采取"叫卖"式，竖着"人像素描"的牌子，摆着画架，嘴里还要吆喝着：

"画人像！画人像！嘿！一张三毛！不像不要钱！"

这种生活，真不是若鸿的个性所能忍受的。什么骄傲自负，壮志凌云，不可一世，海阔天空……全都烟消云散。一文逼死英雄汉！他这才体会"一文逼死英雄汉"这句话的意义。

若鸿的人际关系，本来就很糟。自从摆画摊之后，和游客间的纠纷，真是层出不穷。有的游客画了像，不肯付钱，硬说画得不像。有的游客付一张画像的钱，来了一家妻儿老少七八口！有的游客说把他画得太丑了，有的游客说把他画得太胖了，有的又说他画得太瘦了……从没有一个人夸赞他一句，说他画得好。他这样画着画着，越画越自卑，越画越没兴致，越画越萧索……最怕是碰到熟人，惊讶地说一句：

"梅先生，你现在……在干这个啊？"

怎会把自己弄成这样呢？更糟的是，碰到另一种熟人，对他左打量右打量，问上一句：

"你不是杜家的女婿吗？你……夫人可好？"

每当这时，若鸿就恨不得有个地洞，可以钻下去。觉得自己的尊严，已被人践踏成泥。自己的心，已经被乱刀剁成了粉。芊芊！芊芊啊！你可知我现在的处境？此生此世，还可能化解吗？……不行！他用力地甩甩头，不能想芊芊！想了芊芊，更无心摆画摊了，要想翠屏！翠屏是世上最可怜的女子，二十岁的青春年华，嫁给人事未解的他，不到一年，他就只身远去，让翠屏守了十年活寡。上要侍奉公婆，下要抚育幼女。再经过水灾、变故、死亡……种种悲剧，弄得自己百病缠身，还要千山万水地把父母的牌位，和无依的幼女给他远迢迢送过来。世间怎有这样的悲剧人物！老天啊！和他梅若鸿只要沾上边的女子，就是人间至惨的悲剧了！他真的是个灾难，是个祸害呀！

若鸿就在这种身心双方面的煎熬中，去忍气吞声地摆画摊。总算，能多多少少赚到一些钱，来付翠屏的医药费。但他每次受了气回家，脸色就难看到极点。常常摔东西、砸画板，捶胸顿足，对着窗外的西湖大叫：

"为什么我梅若鸿到今天还一事无成？为什么我沦落到必须摆画摊为生？为什么人生这么艰难？为什么人年纪越大，快乐就越少，痛苦就越多？为什么要这么辛苦地活着？为什么？为什么？……"

翠屏和画儿都吓坏了，母女两个紧抱在一起，泪汪汪地看着若鸿发疯。翠屏虽是个乡下女人，没受过教育，但是，已经历了太多生离死别，对人生的痛苦，体会得特别强烈。每当若鸿发脾气，翠屏总是谦卑地、手足失措地在那儿不住口地说"对不起"，这使若鸿更加毛躁，咆哮着大吼：

　　"不要说对不起！我并没有骂你，你为什么要说对不起？哭哭哭！你为什么老是哭！"

　　"是！是！是！我不说，我不说……"翠屏手忙脚乱地擦泪，"我也不哭，不哭……我只是好抱歉，害你和芊芊姑娘分手，又要吃那么贵的药，花那么多的钱……"

　　"不要提芊芊……"若鸿更大声地吼着，暴跳如雷了，"不要对我提芊芊！一个字都不要提……"

　　"爹！"画儿冲过来，哭着推了他一把，生气地嚷着，"我和娘走了那么远的路来找你，可是你这么凶！娘已经生病了，你还要骂她！你不知道她多想讨你喜欢……你，你，你……你一定不是我爹！"

　　画儿这样一说，若鸿整个泄了气。看着画儿那张虽瘦小，却美丽的脸庞，想着她小小年纪所受的苦难，他一句话也说不出来。整晚，他坐在屋外西湖湖岸的小木堤上发呆，画儿怯怯地走上前来，给他送上一杯热茶。

　　"爹！我错了！我知道你好努力地去赚钱，要我和娘过好日子！我知道，我都知道！我不该说你不是我爹！如果你不是我爹，怎么会这样疼我们，照顾我们呢？"

　　他把茶杯放在地上，把画儿紧抱在胸前。泪，竟夺眶而出了。画儿偎着他，非常懂事地、小声地说：

"爹，你是不是好想好想那个芊芊阿姨？你去把她找回来，娘不会生气的！"

他摇摇头，更紧地拥着画儿。他无法告诉画儿，芊芊的爱情观，是一对一的，最恨的事，是男人三妻四妾！而水云间，实在太小了，容不下两个女人！即使这些理由都不存在，芊芊也已远走，从他生命里，永远撤退了。留下的，只是刻骨铭心的痛，永无休止的痛……

这天下午，若鸿在断桥边摆摊子。这天真是不顺利极了，整个上午都没有人要画像，下午，好不容易有个孩子觉得稀奇，付了三角钱画像，画了一半，竟被他的娘一巴掌打走了，把三角钱也抢回去了。若鸿的愤怒和沮丧就别提有多么严重了。坐在断桥边，他弓着背脊，满脸于思，愁眉苦脸……自己觉得跟个乞儿差不了多少。此时，有两个女学生走了过来，对他评头论足了一番。

"好潦倒啊！怎么胡子也不刮？头发也不剪，倒有点艺术家的样子！"

"你看他挺落魄的，咱们算做件好事，让他给画一张好不好？"

"不要吧！浪费这个钱，不如去买烤红薯……"

"我想画嘛！合画一张吧！问问他合画一张能不能只算三角钱……"

两个人推推拉拉，议论不休。若鸿一抬头，勉强压制着怒气，大声地说：

"好了好了，坐下吧！合画一张，只要你们三角钱！"

两个女学生嘻嘻笑着，正要坐下，忽然来了一个警察，手里拿着警棍，对若鸿一挥棍子，凶巴巴地说：

"喂喂喂！风景名胜区！不准任意摆摊，破坏景观，快走快走！"

两个女学生一见警察来干涉了，立刻跳起身子，坐也不坐，就逃似的跑走了。若鸿气坏了，对警察掀眉瞪眼，没好气地问：

"我帮游客服务，增加游览情趣，怎么会破坏景观呢？"

"我说破坏就是破坏！你不知道咱们断桥是西湖有名的风景点呀？你这样乱七八糟地坐在这儿……"

"什么乱七八糟，你说什么？你说什么……"

"你不服取缔，还这么凶！"警察一凶，"你再不收摊，我就砸了你的摊子，把你抓到警察厅去！"

他就这样和警察吵了起来，正吵着，忽然乌云密布，天空上，雷电交加，下起大雨来了。若鸿的画摊，被雨打得七零八落，真的"乱七八糟"了。警察挥着警棍，躲进了警车，警车呼啸而去，又溅了他一身水。他气炸了，对着警车狂吼狂叫：

"来呀来呀！要抓要宰，要罚要关都随你！脚镣啊，手铐啊，全来呀……"

警车早就去远了。

他收拾起破烂的画摊，骑上脚踏车，冒着倾盆大雨，回到水云间。

一进房间，翠屏和画儿全迎了过来，拿毛巾的拿毛巾，倒热水的倒热水，心疼得什么似的。

"看到下雨，我就急死了！"翠屏说，"生怕你淋雨，你还是淋成这样！怎么不找地方躲躲雨呢？"

"爹！你快把头发擦擦干，我去给你烧姜汤！"画儿说。

"你们不要管我！谁都不要理我！"他咆哮着，把翠屏和画儿统统推开，"让我一个人待着，最好全世界的人都消失了，不然，我消失了也可以！"

翠屏和画儿都惊怔了一下，知道若鸿在外面又受气了。翠屏找了件干衣服来，追着若鸿，追急了，就爆发了一阵咳嗽。若鸿一急，就对翠屏大吼着：

"你下床来干什么？你存心要整死我是不是？我把什么面子、自尊都抛下了，就为了要给你治病，你不让自己快快好起来，你就是和我作对！"

"我就去躺着，你别生气！你先把湿衣服换下来好不好？"

"湿了就湿了！"若鸿发泄地大喊着，完全不能控制自己了，"老天爷也跟着大家一起来整我！不整得我天翻地覆、焦头烂额，老天爷就不会满意啊！最好把我整死了，这才天下太平啊！"

"爹！你不要和老天爷生气嘛！"画儿又吓又慌地说，"下雨也没办法嘛，我和娘来杭州的路上，有次还被大雨冲到河里去了呢！"

"是啊是啊！"翠屏急切地接口，不知道该怎样安慰若鸿，"两年前，家乡淹大水，那个雨才可怕呢，比今天的雨大得多了，淹死好多人呢……"

若鸿一抬头，怒瞪着画儿和翠屏，暴吼着说：

"你们的意思是说，我还不够倒霉是不是？我应该被冲到河里去，被大水淹死是不是？"

母女两个一怔，这才知道安慰得不是方向，两个人异口同声，急急忙忙地回答：

"不是！不是！"

"这是什么世界嘛！"若鸿继续吼着，"我已经走投无路，才摆一个画摊，居然被路人侮辱，被警察欺侮，被老天欺侮……回到家里来，你们还认为我的霉倒得不够？"

翠屏倒退了两步，急得直咳，说不上话来。画儿眼眶一红，泪水就滚了出来：

"爹！你又乱怪娘了！你就是这样，一生气就乱怪别人，乱吼乱叫，又不是我们要老天下雨的！"

若鸿见画儿流泪，整颗心都揪起来了。满腔的怨恨、不平，全化为巨大的悲痛。他踉跄地冲到屋角，跌坐在地上，用双手紧抱住自己的头，绝望地说：

"一个人怎么可能失去这么多呢？失去尊严、失去友谊、失去欢笑、失去信心、失去画画、失去芊芊……啊，这种日子，我怎样再过下去呢？"

翠屏呆呆地注视着若鸿，她虽听不懂若鸿话中的意义，但，对于他那巨大的痛苦，却一点一滴，都如同身受。

这天夜里，雨势仍然狂猛，风急雨骤，如万马奔腾。

半夜里，翠屏悄悄地起了床，不敢点灯，让自己的视线适应了黑暗，才摸黑下了床。她对画儿投去依依不舍的一瞥，再对缩在墙角熟睡的若鸿，投去十分怜惜的、爱意的目光。她心中有千言万语，苦于无法表达。走到书桌前面，在闪电的光亮中，看到了那儿供奉着的牌位。她对牌位恭恭敬敬地跪下，恭恭敬敬地磕了三个头。

"爹！娘！请在天上接引我，媳妇和你们团聚了！就是不知道若鸿明不明白，我多希望他过得好！我没有怪他，但愿他也不会怪我，我不能再让他为我受苦了！"

她站起来，再对若鸿跪下，磕了一个头。

"若鸿，画儿就交给你和芊芊了！"

拜别已毕，她摸索着走到房门口，打开房门，笔直地走了出去。风强劲地吹着她，雨哗啦啦地淋在头上，她笔直地往前走，往前走……她再也不怕淋湿了，再也不怕生病了，西湖就横躺在水云间前面，闪电把水面划出一道道幽光，她走过去，走过去……扑通一声，落进了水里。冰凉的水，立刻把她紧紧地拥抱住了。

画儿被门声惊醒了，竖着耳朵一听，风吹着门，砰砰砰地打着门框，雨哗哗地被扫进了房里。

"娘！"她叫，伸手一摸，摸了个空，"娘！"她大叫，咕咚一声滚下了床。

若鸿惊醒了，跳了起来。

"爹！娘不见了！"画儿尖叫起来，"外面好大的雨！娘不见了！爹！我好害怕……我好害怕……"

若鸿跳起身子，对着大门就冲了出去，嘴里发狂般地惨叫着：

"翠屏！你不可以！不可以！你不要惩罚我！你回来！回来！回来呀！求求你！回来呀……"

"爹！等等我！"画儿跌跌撞撞地奔过去，摸索到若鸿的手，她握紧了若鸿，对那黑夜长空，也发出了悲切的哀号，"娘！你回来呀！娘！你不要画儿了吗？娘！回来呀！回来呀……"

若鸿和画儿，喊了整整一夜。把附近方圆几里路，都已喊遍，喊得喉咙哑了，无声了，翠屏不曾回来。

第二天，风停雨止，阳光满天。翠屏的死尸，在水云间旁几步路之遥的地方，被村民们捞了起来。她面目祥和，双目紧闭，不像一般溺死者那么浮肿可怖，她，像是安安静静地睡着了。

第二十一章

　　翠屏在三天后，就入了土。

　　葬礼是子默和醉马画会安排的。参加葬礼的，也只有醉马画会这些人。子默请了一个诵经团，绕着墓地诵经，为翠屏超度亡魂。画儿披麻戴孝地跪在坟前，哭得肝肠寸断。看到泥土一铲一铲地被铲进坟坑，画儿忍不住对坟坑伸长了手，哀声哭喊着：

　　"娘！不要不要啊！你这样埋在地下，我就再也见不到你了！娘！不要不要啊……"

　　子璇走过去，把画儿搂在胸前，拭着泪说：

　　"画儿，你娘活着的时候，病得好厉害，现在，她到天上去了，她就再也不会咳嗽，再也不会痛了！天上不会寂寞的，有你爷爷奶奶陪着她，还有好多好多可爱的仙子陪着她！你别哭了，你爹，还需要你照顾呢！"

　　大家听着，人人都为之凄然落泪。但是，若鸿却无动于衷地站着，看着坟冢，不言不语，两眼呆滞，脸上一点表情都没有。好像他整个人都在另外的什么地方，只有他的躯壳参加葬礼。诵经团诵经，大家撒白菊花，烧纸钱，一抔又一抔的土，逐渐掩埋了棺木。画儿的悲啼，众人的劝解……离他都好遥远好遥远，他似乎听不到，也看不见。

葬礼结束了，大家都回到了水云间，若鸿依然是那个样子，大家推张椅子给他，他就坐下，倒杯水给他，他就喝水。杯子拿走，他就动也不动地坐着，两眼痴痴地看着前方。周围的人物，外界的纷扰，仿佛与他都无涉了。

大家都觉得不对劲了。画儿拉住子璇的手，用充满恐惧的声音问：

"子璇阿姨，我爹怎么了？他为什么不说话，也不理人？他会不会是生病了？"

子璇走过去，推了推若鸿。

"若鸿！你还好吗？你别吓画儿了！你要不要吃一点东西？你已经三天没吃东西了！我去下碗面给你吃，好吗？你说句话，好吗？"

若鸿目光呆滞地直视前方，恍若未闻。子璇害怕地抬起头来，和大家交换注视，人人惊恐。

"爹！爹！"画儿一急，扑进了若鸿怀里，"你不认得了我了吗？我是画儿啊！你看着我，跟我说话呀！你为什么不理我？"她害怕极了，哽噎起来："娘已经走了，我只有你了，你不可以不理我呀！"

若鸿终于皱了皱眉，转动眼珠子，迟缓地看了看画儿，但却是极陌生的眼神。

"若鸿!"子璇蹲下身子,仔细看他,越看就越紧张,她摇着他,大声喊起来了,"你在想什么?你有多少悲痛,你有多少苦闷,你有多少委屈,你有多少不平,你都发泄出来啊!你不要这样子嘛,死去的人固然令我们伤心,但是活着的人更重要啊!你这个样子,叫我们这些做朋友的,看了有多心酸,你又叫画儿那么幼小的心灵,怎样承担呢?"

若鸿仍然用他那陌生的眼神,看了看子璇,动也不动。

这一下,大家都急了。

"若鸿!"钟舒奇重重地拍他的肩,"逝者已矣,来者可追,你要振作起来,抚育画儿的责任更重大,现在完全落在你肩上了,你还有许多未完的事要做呀!"

"哭吧!"叶鸣跳着脚说,"你大哭一场!骂吧!你大骂一场!甚至你要大笑一场也可以!骂这个世界待你的不公平!骂老天,骂上帝……你骂吧!"

陆秀山抓住了子默,着急地说:

"我看他不对,整个人都失了神,这样子,得请大夫来看才行!"

子默冲上前去,把若鸿从椅子里揪了起来,大吼着:

"梅若鸿,你看着我,我是你的仇人,你看清楚了,我烧了你的画,我是那个烧了你二十幅珍贵的好画的汪子默,我们之间有着生生世世化解不了的深仇大恨,你总不会连我也忘了吧?"

没有用。子默的激将法也丝毫不起作用,若鸿仍然沉坐在椅子中，不言不语。一时间，个个人都激动起来了，大家围绕着若鸿，你一言，我一语，纷纷提起往日旧事，想要唤醒他。但他的眼神，却越来越陌生，越来越遥远了，他对所有的人，都不认识了。

"爹啊……"画儿扑进他怀里，揉着他，摇着他，痛哭失声了，"你跟我说话啊！你跟大家说话啊……你听不见了吗？你看不见了吗？不要不要……爹，爹，爹……"

画儿这样一阵哭叫，若鸿终于有了些反应，他抬起了眼睛，迷惑地看看画儿，又看看众人，就用一种很小心的语气，小小声地、没把握地问：

"你说，我到底画什么好呢？"

大家都愣住了。然后，子默急切地拿了张画纸和炭笔，塞进他的手里，说：

"你还记得画画，很好！好么，画一张画儿！给你女儿画张速写！画吧！画吧！"

若鸿小心地拾起炭笔，看看画纸，就失神落魂地让画纸和画笔，都从膝上滑落于地。他忧愁地说：

"该去给翠屏买药了！"

"爹呀！"画儿痛喊着，抱紧了若鸿，"娘再也不需要吃药了，她死了！她已经不喘了，不咳嗽了！神仙在天上会照顾她，你不要担心了……我们现在只要你好，求求你好起来，求求你跟我说话吧……"

所有的人，都听得鼻酸，但，若鸿又把自己心中的门，紧紧关闭了。他不再说话，不再看任何人，他的眼光，落在不知名的远方。他把自己所有的思想意识，给囚禁起来了。

接下来一个星期，若鸿的情形每况愈下。他什么人都不认识，常常整天不说话，偶然说一两句，总是前言不搭后语。他还记得画画这回事，有时会背着画架出门去，画儿就紧跟在后面，亦步亦趋。但，他对着树发呆，对着桥发呆，对着水发呆，对着亭子发呆……他什么都没画。

子默为他请了医生，中医说他"悲恸过度，魂魄涣散"，要吃安神补脑的药，但不见得有什么大作用。西医比较具体，说他就是"精神崩溃"，一种类似"自闭"的症状，目前，对这种精神病，还没有药物可医。不论中医西医，都有个相同的结论，他等于是"疯了"。如果不能在短时间内唤醒他的神志，他可能终生都是这样痴痴傻傻，而且会越来越糟。

这样的结论，让子默子璇、"一奇三怪"和谷玉农都忧心如焚。子默要把若鸿接到烟雨楼来住，但子璇不赞成，认为水云间里，有若鸿最深刻的记忆，一砖一瓦，一草一木，都与他息息相关，或者能唤起他某种感情。大家觉得也言之有理。于是，每天每天，众人都到水云间来照顾若鸿父女，并用各种方法，试图唤醒他。当所有的方法都失效以后，众人心中都萦绕着一个名字：杜芊芊！最后，还是子默说出来了：

"今天若鸿会变成这样，是各种打击加在一起所造成的！当初的烧画事件，也是其中之一！回想我所做的，我真是难过极了！人都会生病，那时的我，也病了！所幸我已痊愈……我一定要让若鸿也好起来，我们唯一的希望，就是芊芊！我要去一趟上海，我要和芊芊谈一谈！"

"可是，"子璇担忧地说，"我们都看到芊芊撕毁结婚证书的情形了！也都感受到她'永不回头'的决心了，我担心的是，没有任何事情能让她再回水云间了！"

"我想，"子默坚定地点了点头，"我有办法劝回她的，除非，芊芊也病了，病得……心中没有爱了！"

于是，子默去了上海。

子默去了整整三天，这三天中，他是怎样说服芊芊的，谁也不知道。三天后，子默回来了，芊芊也回来了。和芊芊一起回杭州的，还有杜世全和意莲。

于是，这天，当众人都集中在水云间，做他们的"日常功课"，千方百计要唤醒若鸿时。芊芊和他的父母一起来了。

这天的阳光很好，整个西湖，波光潋滟。远处的苏堤、长堤卧波、六道拱桥，清晰可见。因此，大家把若鸿的椅子，搬到屋外的草地上，把他的画架也竖着，画纸也放好，准备了各种能唤回他神志的东西。众人你一言我一语，从天地玄黄、宇宙洪荒谈起，把五年来的恩恩怨怨、爱恨情仇都快讲尽了，若鸿仍是无动于衷。这时杜家的汽车开来了，杜世全和意莲带着芊芊下了车。

"我必须亲自来看看！"杜世全对众人说，"这个梅若鸿到底怎么了？我以为已经彻底摆脱他了，但是芊芊非走这一趟不可！真是冤魂不散……"他看到了若鸿，愕然地住了口。意莲也怔怔地呆住了。

芊芊的视线，早就被若鸿所吸引了。只见若鸿枯坐在椅子上，整个人已经骨瘦如柴。他还是穿着他最爱穿的白衬衫和蓝色毛背心，衣服却空落落地像挂在竹竿上。他满头乱发，满脸胡子。憔悴得几无人形。最可怕的是他那对眼睛，眼神空茫茫，视若无睹。整个人好像根本不在这个世界，不知道在世界以外的什么地方。

芊芊顿时间把对若鸿所有的怨恨都忘了，她直扑到他的面前，真情流露，悲恸地大喊：

"若鸿！你怎么弄成这副样子？你看看我！你看看我！我是芊芊呀！我来了，你所有的事情，我都知道了！你看着我，你不会连我都忘掉，是不是？是不是？"

若鸿茫然地看了看芊芊，眼光陌生而又漠然。看了片刻，就不感兴趣地去看着远方。

"若鸿！不可以这个样子！"芊芊震动已极，痛喊着，"我知道翠屏去了，她那么善良，那么贤惠，她走的时候，一定满怀爱心！我知道你充满了犯罪感，你不肯原谅你自己，所以你把你整个人，都关进监牢里去了！不行不行啊！你没有资格去坐牢，如果你觉得对不起翠屏，如果你充满了后悔和歉疚，你就必须从牢里走出来，抚养画儿，教育画儿……那样，翠屏才没有为你，白白送掉一条性命！你听到没有？"她不禁推着、摇着、拉着他，"你不能这样听而不闻，视而不见！你给我醒来醒来！"

大家听到芊芊这样说，个个都感动莫名。画儿伸手摸着若鸿枯瘦的手指，掉着眼泪说：

"爹，我知道你好想好想芊芊阿姨，现在芊芊阿姨回来了，你怎么不理她呢？娘也好喜欢芊芊阿姨的，娘也巴望着芊芊阿姨回来的！一定是她在天上告诉了神仙，才让芊芊阿姨回来的！你要和芊芊阿姨说话呀！"

杜世全和意莲面面相觑，都被这等凄惨状况惊呆了。

芊芊看到若鸿仍然没有反应，心都碎了。

"你怎么可以连我都忘了？就在这水云间，我们拜过天地，我们誓守终身！我们吵过架，我们和过好！在这儿，就在这儿，我们有多少共同的回忆，好的、坏的、快乐的、痛苦的……都在这儿！记不记得你开画展以前，你画了好多画，我把它们排在地上，你躺下来高喊'天为被，地为裳，水云间，我为王'。若鸿，你是水云间里的国王啊！你一直就是个感情丰沛，豪气干云的国王啊！那样的国王怎会丧城失地，丢掉了所有的天下？不行不行！你要醒过来！你要醒过来面对我，告诉我，你心里是否还有个我？你醒来醒来！醒来醒来，醒来醒来……"她又拉又扯，用双手扶住他的头，强迫着他面对自己。

若鸿被这样的拉扯惊动了，忽然抬眼看着芊芊，没有把握地、犹疑地问：

"你说，我画什么好呢？"

众人都失望极了。若鸿又重复了一句：

"你说，我画什么好呢？"

画儿悲伤地看着芊芊，掉着眼泪解释：

"他就是这样！他常常到处地走，就一直说这句话，他不知道要画什么。"

芋芋紧紧地盯着若鸿，重重地呼吸着，思潮起伏。

"你不知道要画什么吗？"她问，"你真的不知道要画什么吗？"

她忽然站起了身子，退后了两步，她傲然挺立，面对着若鸿。骤然间，她双手握住自己的衣襟，一把就撕开了自己的上衣。她大声地、有力地、豁出去地、坚定地说了两个字：

"画我！"

这声音如此洪亮有力，使若鸿不得不循声抬头。抬头之间，他触目所及，是芋芋半裸的胸膛，和那朵殷红如血的红梅！他震动了！他瞪着那红梅，张大了眼睛，恍如梦觉。红梅！那朵刻在肌肤里，永远洗不掉的红梅！他在一刹那间，觉得心中有如万马奔腾，各种思绪，像潮水、像海浪般对他汹涌而至。他张大了嘴，想喊，但不知要喊什么。

所有的人，都震动到了极点。杜世全和意莲，尤其震撼。大家都屏住气，不能呼吸，不能言语。

"画我！画我！"芋芋再说，一字一字，带着无比的坚定，无比的热力，"我带着你的印记，终生都洗不掉了！你欠我一张画，你欠我一个完整的梅若鸿！醒来！画我！画我！画我！"

若鸿的眼光，从芋芋的"红梅"往上移，和芋芋的目光接触。蓦然间，他醒了！所有的悲痛，所有被封闭的感情，全体排山倒海般涌了过来。他站起身，扑奔向芋芋，一把抱住了她，悲从中来，一发而不可止。他痛喊出声：

"芊芊！芊芊！翠屏死了！她跳到西湖里，就这样死了！她不了解我啊……她怎么可以死呢？她怎么可以去自杀呢？我摆画摊，我放弃自尊，我失去了你……我那样痛苦地活着，全心全意，只有一个愿望，就是要她活下去！我那样诚心诚意地给她治病，她却选择了死亡！她把我所有的希望都带走了……我知道我不好，我做什么都失败，但我不至于坏到要逼死她！我要她活！要她活，要她活，要她活，要她活……"他一口气，喊了几十个"要她活"，声泪俱下。

众人又惊又喜又悲又痛，简直不知道是怎样的情绪，大家都目不转睛地看着芊芊和若鸿，人人落泪了。

芊芊用力抱住了若鸿的头，一迭连声地嚷：

"我懂！我懂！我懂！我懂……我们都懂了！你那么想给她健康与幸福，就是把全天下都牺牲了，你也在所不惜！"她推开他，用双手捧住他的头，热切地凝视着他的眼睛，"你醒了！你醒了！你终于醒了！若鸿，过去了，所有的悲剧都过去了！你要哭就好好地哭吧！哭完了，就振作起来吧，清清醒醒地面对你的人生……你还有我，你还有画儿呀……"

画儿拼命哭着，伸手去摸若鸿的手：

"爹！你真的醒过来了吗？你认得我吗？"

若鸿转头看见画儿，伸手将画儿一拥入怀。

"画儿呀！爹对不起你啊……"

"爹！爹！爹！"画儿又哭又笑，抱紧了若鸿，又伸手去抱芊芊，不知道要抱谁才好。

芊芊张大了手臂，把若鸿和画儿，全拥进了怀中。她紧紧搂着这父女二人，掉着泪说：

"翠屏在天上，看着我们呢！我们不要让她失望……我们三个，要好好地活，好好地珍惜彼此，珍惜生命，好不好？好不好？……"

若鸿把头埋在芊芊的肩上，拼命地点着头。

子璇拭去了颊上的泪，低语着：

"芊芊毕竟是芊芊，她的力量无人能比啊！"

杜世全擤了擤鼻子，看着泪汪汪的意莲：

"这样子的爱，做父母的即使不能了解，也只好去祝福了！是不是呢？"

意莲不停地点头，什么话都说不出来。

子默看着那紧紧相拥的三个人，感动到了极点。忽然间，他想起当日送梅花簪的怪老头，依稀仿佛，觉得今日一切，似乎是前生注定。他又想起那怪老头唱过的几句歌词，他就脱口念了出来：

"红尘自有痴情者，莫笑痴情太痴狂，若非一番寒彻骨，哪得梅花扑鼻香！"

就这样，在那西湖之畔，水云之间，所有所有的人，再一次为芊芊和若鸿作了见证：人间没有不老的青春，人生却有不老的爱情！

十年后，汪子默和梅若鸿，在画坛上都有了相当的地位。子默专攻了国画的山水，若鸿专攻了西画的人物。据说，当时杭州的艺术界有这样几句话：

"画坛双杰，黑马红驹，

一中一西，并驾齐驱！"

——全书完——

1993 年 8 月 26 日于台北可园

1993 年 9 月 3 日修正于台北可园

（京权）图字：01-2025-0195

图书在版编目（CIP）数据

水云间 / 琼瑶著 . -- 北京：作家出版社，2025.1.
（琼瑶作品大全集）. -- ISBN 978-7-5212-3236-3

I. I247.5

中国国家版本馆 CIP 数据核字第 2025Z7N964 号

水云间（琼瑶作品大全集）

作　　者：琼　瑶
责任编辑：苏红雨　杨新月
装帧设计：棱角视觉　纸方程·于文妍
出版发行：作家出版社有限公司
责任印制：李大庆　金志宏
社　　址：北京农展馆南里 10 号　　　邮　　编：100125
电话传真：86-10-65067186（发行中心）
　　　　　86-10-65004079（总编室）
E-mail: zuojia@zuojia.net.cn
http://www.zuojiachubanshe.com
印　　刷：北京盛通印刷股份有限公司
成品尺寸：142×210
字　　数：136 千
印　　张：6.625
版　　次：2025 年 1 月第 1 版
印　　次：2025 年 1 月第 1 次印刷
ISBN　978-7-5212-3236-3
定　　价：2754.00 元（全 71 册）

品　琼　瑶　经　典

忆　匆　匆　那　年

琼 瑶 作 品 大 全 集